BEAUTIFUL DEAD

Eden Maguire

LIVRE 2 - ARIZONA

BEAUTIFUL DEAD

Traduit de l'anglais (États-Unis)
par Luc Rigoureau

Flammarion

Titre original : *Beautiful Dead* – Arizona

First published in Great Britain in 2009
by Hodder Children's Books, a division
of Hachette Children's Books, London, UK

87, quai Panhard et Levassor – 75647 Paris Cedex 13
ISBN : 978-2-0812-3354-6

À mes deux filles magnifiques.

Phœnix Rohr m'a transformée. Surgissant dans ma vie comme une étoile filante explose en milliers d'étincelles sur un immense fond de firmament noir, il a illuminé mon univers. Avant de le rencontrer, je n'étais qu'une demi-personne, un être inachevé et effrayé. Grâce à lui, durant plusieurs semaines, j'ai été entière. Lui et moi nous aimions. Nous affrontions la dureté du monde, ma main dans la sienne, son bras autour de mes épaules.

La vérité, c'est que les gens de mon entourage ont tendance à mourir – quatre camarades de mon lycée en un an. Ça rend l'existence plutôt intense : chaque jour, on s'accroche à ce qu'on a et on en profite pleinement. L'amour et le sexe, le partage de tous les instants. Je m'agrippais à Phœnix comme à mon sauveur.

Puis tout a volé en éclats. Je l'ai perdu – quatre petits mots. Il a été tué dans une rixe.

Je l'ai cherché partout. En voiture, loin de la ville, à travers les trembles frissonnants et les hauts séquoias, jusqu'à l'endroit où les cimes acérées des montagnes se mêlent au ciel. « Phœnix », ai-je chuchoté des centaines de fois. Son prénom était tout ce qui me restait.

Phœnix, le quatrième des lycéens ayant disparu à jamais. Un, deux, trois, quatre coups au cœur, dont le dernier a été un million de fois plus atroce. « Phœnix. »

Je me suis raccrochée à mes souvenirs. Ses baisers, ses caresses, les jours d'été où nous avions nagé dans Deer Creek, les soirs où il avait monté le son de mon autoradio sur la route du lac Hartmann, tandis que, la tête posée sur son épaule, j'essayais de compter les astres. J'avais peur d'oublier.

Ensuite, les ailes d'ange (les fantômes, les esprits coincés dans les limbes – appelez cela comme vous voudrez) se sont mises à battre. Et Phœnix m'est revenu.

1

Je ne veux parler à personne. J'ai besoin d'être seule. D'accord, tout s'est bien terminé pour Jonas, en partie grâce à moi. N'empêche, le sort de trois défunts magnifiques, de trois Revenants, de trois *Beautiful Dead*, repose encore entre mes mains. Sans exagération. Arizona, Summer et Phœnix. Arizona, Summer, Phœnix. Dans cet ordre. Les prénoms défilent dans ma tête comme un mantra.

— Darina, j'aimerais que tu sois plus souvent à la maison. Nous pourrions faire des choses entre filles. Les boutiques, une pédicure.

Je vous présente Laura, ma mère.

— Il faut que tu cesses de conduire cette décapotable, Darina. Elle consomme trop d'essence.

Mon beau-père, Jim.

Vous voyez le tableau.

— Retrouve-nous au centre commercial. Lucas et Christian y seront.

Jordan et Hannah. Mésanges gazouillantes et joyeuses.

Sans parler de Logan Lavelle :

— Pourquoi ne viens-tu plus me voir aussi souvent qu'avant, Darina ? J'ai acheté un DVD super cool. On pourrait le regarder ensemble.

« Reculez, tous autant que vous êtes ! Fichez-moi la paix ! » Mon comportement devrait suffire à leur faire comprendre, mais ces gens-là ont le cuir trop épais pour le décrypter. Ou alors, c'est qu'ils m'aiment.

De toute façon, je file quand même au volant de ma voiture, je décampe de Centennial, toujours dans la même direction, celle de Foxton. Je m'enfonce au milieu des montagnes, entre les pans abrupts desquelles la nationale est encaissée au point qu'on ne distingue plus le bleu du ciel. Je pousse la musique à fond, brisant le silence. J'appuie sur le champignon.

La vitesse me permet de me débarrasser du fardeau qui pèse sur mes épaules, de me débarrasser de tout le monde. *Drive, baby, drive !* Je suis presque à la forêt brûlée. Un incendie a ravagé des hectares de bois, ne laissant que des souches noircies et tordues, des troncs abattus, de la terre grise. Dans dix ans peut-être, les lieux reverdiront. Grimpant encore, je quitte l'endroit du carnage et, de nouveau, la frondaison des séquoias tranche sur la roche rosée. Je me décharge de mon lourd secret, il glisse de mes épaules parce que, ici, personne ne peut plus exercer de pression sur moi. Je suis en sécurité.

Les basses de la radio résonnent dans mes tympans. Les guitares gémissent. Je braille les paroles tout en serrant le volant, penchée en avant. Carrosserie rouge pétant, cuir beige, parements argentés. Brandon Rohr n'a pas regardé à la dépense quand il m'a offert cette bagnole. Je franchis le col de Turkey Shoot, plus que dix minutes jusqu'à Foxton. Trente jusqu'aux *Beautiful Dead.*

Je suis accro, j'imagine. Non, je le *sais.* À tout instant, à chacune de mes respirations, Phœnix me manque, ainsi que la façon dont ses yeux déchiffrent mes pensées et mes sentiments, celle dont ses bras se nouent autour de ma taille. J'aimerais comprendre pourquoi je ne peux pas rester avec lui vingt-quatre heures sur vingt-quatre, sept jours sur sept.

Voici Foxton, hameau hétéroclite de maisons en bois avec une épicerie abandonnée dont les vitrines ont été remplacées par du contreplaqué, un carrefour sans panneau de signalisation. Bifurquant, je dépasse les cabanes de pêcheurs qui surplombent le torrent tumultueux où Bob Jonson a fini par venger la mort de son fils Jonas, poussant Matt Fortune à perdre le contrôle de sa moto et à tomber dans la rivière avant de s'écraser lui aussi sur les rochers et de se noyer. On a rendu la Harley de Matt à son frère Charlie, qui l'a réparée afin de s'en servir. Quand j'y songe, je frémis. N'y pense pas, Darina. Conduis.

Les maisons disparaissent, la route se transforme en piste de terre. Comme c'est un cul-de-sac, je suis obligée de descendre de voiture et d'emprunter à pied le sentier qu'ont dessiné les cerfs à queue noire lorsqu'ils se réfugient dans le bois de trembles qui pousse sur la crête. C'est la cinquième ou la sixième fois que je monte ici depuis que Jonas est parti et je suis toujours frappée par le silence des lieux déserts. Le vent agite les arbres, mais je ne perçois aucun battement d'ailes, aucun champ magnétique contraignant les habitants de l'autre versant comme moi à rebrousser chemin.

« C'est moi, Phœnix. Où es-tu ? Il faut que je te voie. » Quand il m'enlace, mon cœur s'apaise. Ce sont les seuls moments où je me sens bien. « Si je dois continuer à être complice de votre secret, je vais me déliter. Dis à Hunter et aux autres que je ne peux pas faire ça toute seule. »

J'escalade la crête. Hors d'haleine, je me repose à l'ombre du réservoir rouillé. Au-delà de la forêt, on distingue la combe sans apercevoir la vieille grange. Les feuilles bruissent. Comme des ailes ? C'est beau, très beau – les trembles, l'inclinaison de la colline, les pointes jaunes des pousses de tabac indien qui se dressent fièrement au milieu de la prairie aux reflets argentés ; et puis le ciel, le ciel immense, le ciel omniprésent.

Mais non, je n'entends toujours pas de battements d'ailes, juste ceux de mon cœur et le feulement rauque de mon souffle court. Je ne devine la présence ni de Phœnix ni des Revenants. Tout en dévalant la pente, je le cherche des yeux, avec tant d'intensité que je loupe peut-être un détail évident, que je ne remarque pas sa haute silhouette immobile près du vantail de la grange, tournée vers moi, m'attendant. Si l'espoir et le désir sont capables d'influencer la réalité, il sera là.

Mes jambes fouettent les herbes. Je m'accroupis, je rampe sous les fils barbelés. Alors, mon regard plonge droit dans la grange, car sa porte ouverte bat au vent, comme toujours.

— Phœnix ? dis-je tout fort en m'enfonçant dans l'obscurité.

L'odeur de poussière envahit mes narines, les parois des stalles en décomposition sont affaissées selon des angles invraisemblables. De vieux harnais sont suspendus à des crochets, les toiles d'araignée s'étirent de poutre en poutre.

— Je t'en prie !

J'explique. C'est ici que les défunts magnifiques se rassemblent. Ils ne se montrent à vous que s'ils le désirent. Le secret leur est indispensable, il leur faut se cacher de ceux de l'autre versant – vous, moi – sous peine de... J'allais dire « sous peine de mourir », sauf que ce serait bizarre. Après tout, Phœnix, Hunter, Arizona, Summer et le reste de la bande sont morts depuis longtemps. Ce sont des *revenants*, sortis du tombeau.

La grange était déserte. J'en ai inspecté le moindre recoin, y compris le fenil à l'étage, dont le plancher pourri était éclairé par de minces faisceaux de soleil. C'était là que, pour la première fois, j'avais revu Phœnix, debout au milieu d'un cercle de personnes qui chantaient, les *Beautiful Dead* et leur suzerain lui souhaitant la bienvenue, à son retour des limbes. *Boum !* Mon cerveau avait explosé en mille morceaux. Le temps que j'en rassemble les débris, mon petit ami décédé avait été admis dans la troupe de Hunter, et la marque de la mort qu'il arborait en était la preuve. Une aile d'ange tatouée entre ses omoplates, à l'endroit où la lame du couteau s'était enfoncée.

« Reviens, Phœnix ! » ai-je supplié.

Délaissant la grange, j'ai traversé la cour, l'espoir m'abandonnant peu à peu.

— Hunter ! ai-je hurlé. C'est toi le responsable. Je te hais !

Le seigneur des zombies est resté invisible. Il n'était pas encore prêt à me laisser rencontrer de nouveau les *Beautiful Dead*. Il n'allait pas se presser, il allait leur donner le temps de reprendre leurs forces après l'épisode Jonas. Il faut que vous sachiez qu'ils n'ont aucune liberté, que Hunter contrôle tous leurs actes. Et bien qu'il n'ait pas daigné apparaître, il m'a entendue lui balancer que je le détestais – un des multiples superpouvoirs très pratiques dont il dispose.

J'ai décidé de jouer la carte du sentiment, même si j'étais parfaitement consciente qu'il y était insensible.

— S'il te plaît, Hunter, Phœnix me manque. Je souffre le martyre.

Plantée près du plateau du vieux camion rouillant devant la ferme, j'ai guetté une réponse. En vain. Toujours rien quand je suis montée sur la véranda de la maison afin de regarder à travers la fenêtre crasseuse. J'ai aperçu le rocking-chair à côté de la cuisinière, la table recouverte d'un siècle de poussière. Tournant la poignée de la porte, j'ai poussé le battant de mon épaule. Fermé.

— Je te vomis, Hunter, ai-je murmuré.

Un mois auparavant, je m'en serais allée en me convainquant que ces histoires de zombie étaient des hallucinations créées par mon esprit dérangé ; qu'elles étaient le fruit de mon cerveau malade de chagrin, qui me poussait à voir des trucs qui n'existaient pas. Après tout, comment tenir le choc autrement, quand celui qu'on aime par-dessus tout a été poignardé à mort lors d'une bagarre ? Ce que l'on éprouve alors dépasse largement le sentiment de perte. On a envie de pleurer et de frapper en même temps, on dégringole dans un trou noir sans fin dont les parois sont lisses, sans prises auxquelles se raccrocher. D'après Kim Reiss, la psy chez laquelle Laura m'a expédiée, c'est dans ces moments-là que votre esprit est le plus enclin à vous jouer de sales blagues.

Sauf que ça, c'était quatre semaines plus tôt. Depuis, j'avais voyagé dans le temps et j'en avais rapporté l'explication du mystérieux décès de Jonas Jonson. Ça m'avait convertie. Je savais donc avec certitude que Hunter, le suzerain des zombies, me cachait des choses et m'empêchait de voir Phœnix. S'il ne se montrait pas, c'était *exprès.*

— Si tu continues comme ça, je ne reviendrai pas, ai-je lancé. Je vous suis indispensable, je suis votre lien avec l'autre versant.

Mes menaces avaient des accents pathétiques, même à mes propres oreilles ; elles se sont évaporées dans le silence et l'espace.

— Arizona a besoin de moi, ai-je insisté. Son délai s'achèvera bientôt.

Cela ne faisait pas loin d'un an, en effet, qu'elle s'était noyée dans le lac Hartmann. Une rafale a secoué la véranda, soulevant un bardeau du toit. J'avais tenté tout ce qui était en mon pouvoir pour convoquer les Revenants. Sans résultat. Ça ne m'a pas empêchée de rester sur place toute la matinée, assise dans le vieux camion, à fixer le rocher de l'Ange.

— OK, tu as gagné, ai-je fini par marmonner en m'éloignant pour remonter sur la crête. De toute façon, on m'attend à un enterrement.

Façon de parler. Bob Jonson avait déjà été enterré. Après quatre cérémonies de ce genre en un an, j'avais eu ma dose. Désormais, je ne me rendais plus qu'aux veillées commémoratives.

Tous les vieux motards de la ville étaient là, avec leurs blousons de cuir frangés, leurs barbichettes et leurs longs cheveux gris. Les

Harley étaient garées en demi-cercle devant le bar préféré de Bob. Comme je n'étais pas majeure, j'ai traîné sur le parking en compagnie de Jordan, Lucas et Logan.

— C'est tellement triste, a chuchoté Jordan, les larmes aux yeux.

Une boucle brune tombait devant son visage. J'ai attendu que Lucas le timide la réconforte d'un bras passé autour de son épaule. Comme il ne bronchait pas, je me suis avancée d'un pas et je lui ai tendu un mouchoir en papier.

— Tu y étais, Darina, a-t-elle poursuivi. Tu l'as vu sauter par-dessus la falaise.

— Ce n'était pas accidentel, ai-je acquiescé. Bob a poussé Matt jusqu'à ce qu'il dérape, puis il a mis les gaz et s'est jeté dans le vide à sa suite. Il voulait en finir.

— Qu'importe, c'est tragique, a-t-elle persisté. Il avait obtenu vengeance, il n'était pas nécessaire qu'il meure également.

— Si, est intervenu Logan sans regarder Jordan mais en me fixant. Après que Jonas avait été tué, rien ne retenait plus Bob ici. Sa vie était vide. Il passait son temps chez moi, à picoler avec mon père. J'ai été témoin en personne de sa déchéance. Pas vrai, Darina ?

— Tu as raison, ai-je de nouveau opiné. La mère de Jonas a-t-elle fait le voyage depuis Chicago ?

— Oui. En avion, avec sa sœur. Elles sont à l'intérieur, avec les gars.

— Elle t'a paru comment ? a demandé Jordan.

— À ton avis ? ai-je riposté.

Lorsqu'une femme a perdu son fils puis s'est séparée de son mari, elle ne devient pas pour autant indifférente. La preuve, Mme Jonson avait pris la peine d'assister à la commémoration.

D'autres élèves du lycée d'Ellerton ont débarqué. Quelqu'un a allumé son autoradio, et Bob Dylan s'est mis à beugler *Knock-knock-knocking on Heaven's Door.*

— Voilà qui aurait plu à Bob, a fait remarquer Logan.

La chanson, si triste, m'a donné envie de pleurer. Malheureusement, j'avais donné mon dernier mouchoir à Jordan. Alors, je me suis concentrée sur les réservoirs et les pots d'échappement étincelants des motos en essayant de me rappeler à quel point Jonas et Zoey avaient été heureux ensemble.

— Pourquoi souris-tu, Darina ? s'est impatientée Jordan. Tu es sacrément bizarre.

Sur ce, elle s'est éloignée, Lucas dans son sillage.

— Non, tu ne l'es pas, m'a rassurée Logan en tentant de coller un pansement sur mon ego qu'il supposait blessé. Je sais d'où tu reviens.

— C'est ce que tu crois, ai-je répliqué en le toisant, mais tu n'en as pas la moindre idée !

Un contentieux existait, entre Logan et moi ; autrement dit, je le repoussais dès qu'il tentait de se rapprocher. Pour être honnête, force m'est de préciser qu'il exploitait sans vergogne le fait que je le connaissais depuis la maternelle, que nous habitions à une rue de distance, et qu'il m'avait offert une orchidée blanche et avait été mon cavalier lors de notre premier bal de fin d'année – comme si nous allions toujours être complices, genre Disney, rouges-gorges dans les arbres et cloches dc mariage au loin. Des clous !

Je n'ai pas manqué de remarquer la lueur offensée dans ses prunelles, ni son hésitation lorsqu'il a passé une main dans ses boucles châtaines avant d'adopter le mode dégâts limités.

— Eh bien, a-t-il repris, personne ne peut jamais prétendre deviner ce que ressent quelqu'un d'autre, apparemment. N'empêche, tu n'es en rien bizarre.

— Merci, ai-je marmonné en apercevant la mère de Zoey qui déposait sa fille sur le parking.

Zoey continuait de se déplacer en fauteuil roulant, mais elle avait coupé et teint ses cheveux et elle avait fière allure. Je l'ai tout de suite rejointe.

— Salut, a-t-elle chuchoté.

J'ai essayé de déterminer la nature du sourire qu'elle m'adressait et j'ai repêché quelque part l'adjectif « morne », que j'avais dû rencontrer au cours d'une de mes lectures.

— Salut, Zoey. J'imagine que ça n'a rien de facile pour toi, hein ?

Tassée sur son fauteuil, en comparaison des Harley, elle avait l'air petite et fragile.

— Oui, a-t-elle acquiescé. Je ne suis venue qu'à cause de Jonas.

— Tu as conservé sa boucle de ceinturon ? ai-je demandé de but en blanc.

Avec elle, inutile de prendre des gants, je pouvais aborder sans hésiter les sujets importants. Soulevant son tee-shirt, elle m'a montré qu'elle portait l'objet en question à sa propre ceinture.

— Crois-tu que Jonas et son père soient réunis, maintenant, Darina ?

— Vaste question, ai-je éludé. Tout dépend de ce à quoi tu crois, toi.

Il y a eu un long silence. Quelques chevelus au ventre de buveurs de bière, couverts de badges, sont sortis du bar et ont enfourché leurs bécanes. Deux femmes en tailleur-pantalon noir se tenaient juste sur le seuil du débit de boisson. J'ai identifié la blonde menue comme la mère de Jonas.

— Mais toi, a insisté Zoey, qu'est-ce que tu en penses ?

Aïe ! Je bottais en touche ou je lui donnais la réponse qu'elle voulait entendre ?

— J'imagine qu'ils le sont, oui, ai-je marmonné.

— Ensemble, a-t-elle répété avec un soupir. Tu ne dis pas ça juste pour me faire plaisir, hein ?

J'étais en terrain dangereux, là. Je savais avec certitude que Jonas s'était séparé des *Beautiful Dead* le jour où son père était mort – leur prochain arrêt, c'était la liberté et la paix. Du moins, telle était la métaphore à laquelle avait recouru Phœnix pour m'expliquer la situation. Sauf que je n'étais pas autorisée à en souffler un mot à Zoey.

— Je crois, oui, ai-je donc persisté, les dents serrées.

Avez-vous déjà été le détenteur d'un secret si énorme qu'il hurle pour sortir chaque fois que vous ouvrez la bouche ? Je me suis vue sauter sur la selle d'une des Harley, écarter les bras et brailler à la cantonade : « Hé, vous autres, écoutez un peu ça ! Jonas et son père vont bien. Ils sont libres. Ils ont enfin obtenu la paix qu'ils recherchaient. Soyez contents pour eux ! »

— Ça va, Darina ? s'est enquise Zoey.

— Très bien, ai-je menti.

Par bonheur, elle est passée à autre chose.

— Mme Jonson est là-bas. À ton avis, faut-il que j'aille lui parler ?

— Oui. Veux-tu que je lui demande de venir ici ?

Elle a secoué la tête. Après les multiples opérations destinées à ressouder sa colonne vertébrale aux endroits où elle s'était brisée lors de l'accident avec Jonas, Zoey a eu du mal à se lever toute seule et à avancer de quelques pas lents et mal assurés jusqu'à l'entrée du bar. Sur le parking, les lycéens ont eu la décence de s'efforcer de ne pas regarder. Un des motards grisonnants a délaissé sa Dyna et sa bière pour rejoindre Zoey.

— Laisse-moi te donner un coup de main, petite.

Ensemble, ils ont grimpé l'unique marche du perron. En découvrant Zoey, Haley Jonson a tressailli, puis elle a plaqué un sourire sur son visage.

— Zoey ! Mais tu es en pleine forme !

L'interpellée a ouvert les bras comme si elle s'apprêtait à effectuer un tour de magie.

— Eh oui !

— C'est formidable, a hoqueté Haley, soudain au bord des larmes.

Elle a longuement contemplé Zoey, en songeant peut-être que, si quelqu'un avait dû survivre à l'accident, il était injuste que ce n'ait pas été son fils. Des dizaines d'émotions ont traversé ses traits tirés, puis elle a pris les doigts de Zoey dans les siens.

— C'est bon de te voir, a-t-elle murmuré.

— Vous êtes au courant ? Darina a fini par m'aider à me rappeler ce qui s'était exactement produit.

— Tais-toi, ma chérie.

Zoey a baissé les yeux. Dans le bar et sur le parking, tout le monde a semblé retenir son souffle, guettant l'instant où la tension insupportable entre la mère et la petite amie de Jonas se dissiperait.

— Les détails sont inutiles, a enchaîné Haley. Le passé, c'est le passé. Nous ne le revivons pas, malgré tous nos efforts.

— J'aurais voulu...

Zoey s'est interrompue, et sa phrase est retombée comme un jouet à ressort s'arrête, si bien que personne n'a su ce quelle aurait voulu dire.

— Écoute-moi, a chuchoté Haley en soulevant avec douceur le menton de Zoey. Regarde en avant, pas en arrière.

J'ai téléphoné à Mme Bishop pour l'avertir que je me chargeais de ramener Zoey à la maison. Nous avons roulé le long du lac Hartmann, en silence pour l'essentiel, jusqu'à ce que je me gare à l'emplacement d'un point de vue qui englobait toute la surface de l'eau, laquelle scintillait sous le soleil.

— J'aimerais tant qu'il y ait de bonnes raisons, a lâché Zoey en s'appuyant sur le repose-tête, paupières à demi closes.

— Des raisons à quoi ?

Saisissant mes lunettes noires dans la boîte à gants, je les ai chaussées avant d'adopter la même position qu'elle.

— À tout ça. Jonas, Arizona...

— Summer et Phœnix, ai-je poursuivi. Quatre en un an. Bizarre, non ?

— Si seulement nous savions pourquoi ! a-t-elle soupiré.

Le soleil, aveuglant, tapait dur sur le capot rouge de la voiture.

— Ouais. Nous voudrions tous trouver une logique à ça, sauf que c'est juste un drôle de hasard, peut-être.

— Ça file les jetons, a-t-elle commenté en contemplant le lac. Comment Arizona a-t-elle pu se noyer dans un endroit aussi beau ?

— Toi et tes sempiternelles questions ! me suis-je plainte, consciente qu'il était grand temps de détourner la conversation. Tu as vu ? Il y a un aigle, là-haut.

Ailes déployées, le rapace se laissait porter par un courant d'air chaud. Puis il a basculé sur le flanc, est descendu tournoyer au-dessus d'un endroit précis, prêt à plonger.

— Je ne crois pas qu'elle l'ait fait volontairement, a persisté Zoey en se tournant vers moi.

Une fois encore, nous marchions sur un champ de mines. J'ai dissimulé ma nervosité derrière mes lunettes de soleil.

— Elle ne s'est pas tuée, c'est impossible ! s'est cependant entêtée Zoey.

— C'est pourtant ce qu'affirme tout le monde.

— Qui donc ? Les habitants de la ville, les journalistes. Qu'est-ce qu'ils en savent ?

L'incident avait fait la une des journaux et des nouvelles télévisées. Le lycée d'Ellerton frappé pour la deuxième fois par la fatalité. Une noyade, ce coup-ci, qui avait tout d'un suicide. Du moins, c'est ce que l'expertise médico-légale avait suggéré.

— Ils ne connaissaient pas Arizona comme nous, a poursuivi Zoey en observant l'aigle foncer vers le sol et remonter aussitôt avec un petit animal dans son bec crochu. Et d'abord, si elle avait voulu en finir, elle n'aurait pas choisi ce moyen-là.

Flûte ! J'avais beau résister, je n'ai pu m'empêcher de spéculer.

— Tu n'as pas tort. Arizona nageait comme un poisson, elle pratiquait la plongée sous-marine...

— Ce n'est pas ce que je voulais dire. Rappelle-toi, elle était obsédée par sa coiffure et son maquillage. Par son apparence en général. Elle ne loupait jamais une occasion de se mettre en scène. Si elle avait envisagé qu'on la retrouve morte, elle se serait arrangée pour avoir l'air impeccable.

Zoey s'est interrompue un instant, a rougi, puis m'a demandé :

— Est-ce que je suis aussi vache que mes paroles le laissent entendre ?

— Oui, ai-je rigolé. Mais je suis complètement d'accord avec toi.

« Et figure-toi qu'elle n'a pas changé d'un iota, ai-je eu envie d'ajouter. La dernière fois que je l'ai vue, parmi les Revenants, sur la crête de Foxton, elle était toujours la même diva obnubilée par sa petite personne. » Je me suis mordu la langue, cependant. Il m'était strictement interdit d'en parler. Histoire de me rafraîchir la mémoire, Hunter a envoyé des millions d'âmes ailées qui ont tourbillonné autour de ma tête, me donnant la nausée et me contraignant à me redresser sur mon siège.

— Donc, tu penses, comme moi, qu'elle n'avait pas l'intention de se noyer ?

Toute à ses hypothèses, Zoey avait abandonné sa pose nonchalante. J'ai haussé les épaules. Les ailes continuaient à me harceler. Si je n'en avais plus peur, je tenais compte de l'avertissement dont elles étaient porteuses.

— Hé ! Je ne suis pas extralucide ! ai-je protesté.

— Réfléchis cinq minutes, Darina. Est-ce que quelqu'un de sain d'esprit prendrait la peine de venir jusqu'ici, d'autant que sa voiture était en révision et qu'elle aurait été obligée de marcher durant... quoi ? Cinq kilomètres ? Un truc qu'Arizona n'a jamais fait de toute sa vie, comme chacun sait.

— Écoute, ai-je décrété en levant les mains en signe de reddition, je refuse d'en discuter.

Les ailes expédiées par Hunter m'assourdissaient, à présent, me prévenant de ne pas trahir les *Beautiful Dead.*

— Darina ! s'est écriée Zoey, consciente que je la lâchais.

Secouant la tête, j'ai remis le contact.

— Pour citer Mme Jonson, « le passé, c'est le passé ».

« Nous ne le revivons pas », avait-elle également précisé. Sauf que j'étais bien placée pour savoir que ce n'était pas vrai. C'était possible, en tout cas les défunts magnifiques le pouvaient – et ne s'en privaient pas. C'est sous un bruissement d'ailes effarant que j'ai reculé et repris la route.

« Salut, contente d'avoir enfin de vos nouvelles », ai-je dit aux ailes. Après avoir déposé Zoey chez elle, je rentrais à la maison. « J'étais hyper inquiète à l'idée que vous ne vous manifestiez plus jamais. » J'avais décapoté la voiture, et les ailes voletaient autour de moi, feutrées, plus comme une piqûre de rappel que comme un avertissement, maintenant. « Avez-vous la moindre idée du nombre de fois où je me suis rendue à Foxton, ces derniers temps ? Oui, j'imagine que oui. » M'arrêtant à un feu rouge, j'ai jeté un coup d'œil à côté de moi.

— Phœnix !

Il était installé sur le siège que Zoey venait de libérer, attendant le moment où je m'apercevrais de sa présence. Il m'a gratifiée de son sourire en coin.

— Nom d'un chien ! me suis-je exclamée.

Le feu est passé au vert, et j'ai traversé le carrefour, trop lentement au goût du type qui me suivait et qui a failli me rentrer dedans.

— Bon sang, Phœnix ! Arrête de surgir comme ça à l'improviste !

— Tu veux que je m'en aille ? a-t-il rétorqué de sa voix sourde aux accents traînants. Pas de souci.

Sur ce, il a commencé à se dématérialiser.

— Non ! ai-je protesté. Écoute, tu m'as presque flanqué une crise cardiaque. Laisse-moi me garer.

Manœuvrant brutalement, je me suis rangée sur le parking exigu d'une épicerie.

— Salut, Darina ! m'a lancé mon petit ami, tout sourires.

J'ai tendu la main pour le toucher, vérifier qu'il était bien réel.

— Ça fait un bail, hein ? a-t-il murmuré en attrapant ma main.

— Une éternité, ai-je soufflé.

J'avais compté les jours, les heures, les minutes. Mais à présent qu'il était là, j'avais du mal à trouver quelque chose de sensé à dire. Je me suis contentée de fixer nos doigts entrelacés, sa paume grande et large dans laquelle reposait la mienne, plus menue et plus douce, jouissant de la caresse de son pouce sur ma peau.

— Hunter nous a obligés à rester cachés, a-t-il repris. Tu le connais.

— Sale tyran ! ai-je marmonné.

— Oui. Si je ne me retenais pas, je me permettrais une blague de zombie sur son absence de cœur...

— Je t'en prie, évite.

— Quoi ? C'est de trop mauvais goût ?

J'ai opiné. Pas d'émotions, pas de cœur, littéralement, voilà à quoi on ressemblait quand on revenait d'entre les morts. Avec, de surcroît, une peau si pâle qu'elle paraissait n'avoir jamais été effleurée par le soleil. Le visage si beau et si parfait de Phœnix a accéléré mon pouls, et mon propre cœur a battu avec assez de force pour deux.

— Je suis là, maintenant, a-t-il murmuré tendrement.

Ensuite, il s'est installé à ma place derrière le volant et a emprunté la route conduisant hors de la ville. Cinq minutes plus tard, nous dépassions les dernières maisons et descendions le chemin de terre menant à notre endroit favori, près de Deer Creek. Tandis que la voiture cahotait sur la piste, j'ai inspecté le ciel. Pas un nuage en vue, pas un brin d'air – des fois que vous ayez un besoin urgent de bulletin météo.

Phœnix s'est arrêté près de la rivière, juste à côté d'un bouquet de saules trapus et dorés. Il a repris ma main pour m'entraîner au-delà des arbres, jusqu'à une saillie rocheuse qui dominait le torrent. Côte à côte, nous tenant par la taille, nous avons fixé la surface. L'eau était si claire qu'on distinguait le moindre caillou de son lit et elle coulait, fluide, emportant les premières feuilles d'automne dans ses remous. Au bout d'un moment, nous nous sommes assis par terre afin de profiter des derniers rayons du soleil. J'étais coincée entre les longues jambes de Phœnix, la tête appuyée contre son torse. Lui avait noué ses bras autour de moi.

— Tu m'as manqué, ai-je chuchoté.

C'était bien mince pour décrire la blessure béante de mon cœur, mes nuits de solitude ténébreuse sans personne pour me sortir de mon désespoir. Me tournant, je l'ai regardé. Ses traits n'étaient pas ceux d'une beauté stéréotypée, même si son large front et ses pommettes n'en étaient guère éloignés et si ses grands yeux bleu-gris tapaient en plein dans le mille. Non, c'était sa bouche qui le rendait particulier, cette moue qui tirait vers le bas une de ses commissures, et la façon dont ses lèvres pleines s'enroulaient autour des mots qu'il prononçait avec une décontraction langoureuse. Se penchant, il m'a embrassée.

« Encore ! Encore ! » a gémi mon corps. Je n'avais envie que de cela. Rien d'autre n'avait d'importance, si ce n'est nos lèvres collées les unes aux autres, l'échange de nos haleines, sa proximité qu'une frange de cils noirs rendait floue. Me renversant sur l'herbe sèche et moelleuse, il m'a gratifiée d'un baiser encore plus passionné. J'y ai répondu avec l'ardeur de l'amour, un élan plus puissant et dangereux que celui d'un torrent de montagne. Puis, soudain, il s'est écarté. Plissant les paupières, il m'a tenue à distance de ses mains levées.

— Qu'est-ce qu'il y a ? ai-je demandé en regardant les environs, au cas où un intrus aurait déboulé. Attends... ne me dis pas que... Hunter est ici ?

— Non. Enfin, oui. Il est toujours présent.

— Le suzerain, ai-je marmotté, ma ferveur retombant comme une crêpe. Flûte, il est plus efficace que n'importe quel moyen de contraception !

Nous avons éclaté de rire avant de redevenir sérieux.

— Il existe une règle, s'est justifié Phœnix. Je ne peux pas... tu sais, quoi... me donner entièrement. Nous devons observer une certaine réserve.

— Et qui a édicté cette loi ? Hunter ? Ignore-t-il que les règles sont faites pour les enfreindre ?

Le patron des Revenants était rudement plus pénible que Laura et Jim. Plus exactement, ses sanctions étaient bien plus sévères. Si je rentrais trop tard, Laura pouvait me punir – après tout, je vivais chez elle, elle payait les factures, etc. Phœnix, lui, devait se soumettre au règlement des *Beautiful Dead* sous peine de gâcher toutes ses chances d'élucider le mystère de sa mort, la raison de son retour parmi nous. S'il désobéissait à son suzerain, il serait chassé de Foxton et condamné à regagner les limbes, point barre. Il m'aurait suffi de tendre l'oreille, là, pour percevoir les ailes des millions d'âmes perdues qui ne demandaient qu'à prendre sa place.

— Bon, d'accord, ai-je cédé.

Je n'étais pas de taille à lutter.

— Merci de ta compréhension, a-t-il soupiré. Devines-tu à quel point ça m'est difficile ?

— Oui, ai-je murmuré. Dorénavant, je promets que je ne te toucherai plus !

Mon trait d'humour, cette fois, était moins franc, plus doux-amer.

— Qu'ai-je fait pour mériter ça ? a-t-il demandé en s'emparant de mes mains pour m'empêcher de bouger. Pour *te* mériter, Darina. Tu es la plus belle chose qui me soit arrivée, je ne sais jamais quelle folie tu vas dire ou accomplir, tu me prends toujours au dépourvu.

— Et c'est toi qui lis dans les esprits des autres ! ai-je plaisanté.

Sentant que je replongeais rapidement dans ma solitude noire, j'ai changé de sujet.

— Alors, pour quelle raison Hunter t'a-t-il enfin permis de te montrer ?

— Il n'est pas du genre à fournir des explications. À vrai dire, lui-même n'est revenu qu'un peu plus tôt aujourd'hui. J'ignore où il avait disparu depuis le départ définitif de Jonas.

— Où étiez-vous, toi et les autres ?

Pas à Foxton, en tout cas, j'étais bien placée pour le certifier.

Mal à l'aise, il a détourné les yeux.

— Arizona a joué les chefs. Elle a décrété qu'il valait mieux abandonner la ferme, attendre que les choses soient un peu retombées.

— Et où êtes-vous allés ? ai-je insisté.

— Dans plusieurs endroits que je ne connaissais pas. Je ne pourrais te dire où exactement.

— Allons, allons, ai-je marmonné. C'est plutôt que tu n'y es pas autorisé. Encore une des règles émises par Hunter.

— Je te promets, je sais juste que Hunter est parti, qu'Arizona a pris le relais et qu'elle nous a conseillé de ne pas poser de questions.

— Très bien. Tu n'es pas obligé de répondre, mais laisse-moi deviner. Hunter a regagné les limbes afin de faire son rapport à qui de droit, un supersuzerain sans doute, et il a laissé ses *Beautiful Dead* dans une cachette quelconque, genre hibernation, jusqu'à son retour.

J'ai guetté une réaction sur le visage de mon chéri. N'en décelant aucune, j'en ai conclu que j'avais vu juste.

— Intéressant. Quelqu'un, ou quelque chose, donne des ordres à Hunter. Et, s'il te plaît, inutile de me demander de ne pas réfléchir à ces choses-là. Pigé ?

— T'inquiète ! a-t-il riposté en s'allongeant, mains derrière la nuque. Ce serait gaspiller ma salive.

— C'était comment, d'obéir à Arizona ?

J'avoue que la question était loin d'être innocente.

— Elle est cool. Et vraiment intelligente.

— Faut-il que je sois jalouse ?

Je ne blaguais qu'à moitié. Après tout, je connaissais une dizaine de garçons du lycée d'Ellerton qui avaient bavé devant elle, son look, son style, quand bien même sa froideur était à peu près aussi engageante qu'un bain de minuit dans un lac gelé. À l'instar de Phœnix, la plupart de la gent masculine l'admirait à bonne distance.

— T'inquiète ! a-t-il répété. N'empêche, sérieux, tu n'as pas l'intention de lui chercher des ennuis, hein ?

— Non, juste celle de sauver son âme de zombie, ai-je rétorqué, lui rappelant la raison essentielle de nos retrouvailles. Bien des gens s'intéressent à elle, depuis que le mystère entourant la mort de Jonas a été éclairci. Zoey, pour ne citer qu'elle.

Phœnix s'est vivement redressé.

— Elle t'a cuisinée ?

— Oui, mais ne te bile pas. Je n'ai rien lâché. Hunter et ses ailes y ont veillé.

Il s'est détendu.

— Zoey affirme ne pas croire à la noyade volontaire d'Arizona. Elle écarte aussi la thèse de l'accident. J'imagine qu'elle a raison.

— Ah bon ?

Toujours prudent, il n'a rien trahi, autre façon de souligner qu'il n'était pas en mesure de partager certains détails, y compris avec moi.

— Réfléchis cinq minutes ! Autrement, Hunter ne l'aurait pas choisie pour la ramener des limbes. Sa présence au sein des Revenants signifie que son décès est suspect.

Le suzerain ne s'occupait que des trépas injustes ou douteux. La balle d'un tireur inconnu qui avait accidentellement atteint Summer, le coup de poignard qui avait eu raison de Phœnix lors d'une bagarre entre bandes rivales. Une disparition explicable, claire et nette ne méritait pas autant d'attention.

Pendant un moment, nous avons écouté en silence l'inlassable écoulement du torrent.

— Rien ne t'oblige à nous aider, Darina, a soudain dit Phœnix d'une voix lointaine. Nous avons de grandes chances de réussir à découvrir ce qui s'est passé sans toi.

J'ai réagi comme s'il m'avait giflée.

— Ben tiens ! Je te signale que vous avez déjà eu plus de onze mois pour y arriver. Et pour quels résultats ? Vous n'avez plus beaucoup de temps, au cas où tu l'aurais oublié.

Comment aurait-il pu ? Une âme ne survit qu'un an dans la communauté des zombies. Pas un jour de plus. Après, c'est fichu.

— N'empêche, tu n'es pas forcée de le faire.

Me levant, je me suis postée au bord du rocher, bras grands ouverts, en équilibre instable.

— En réalité, tu es en train de me proposer d'effacer ma mémoire grâce à tes superpouvoirs, puis de filer d'ici comme si tu n'avais jamais existé. Merci beaucoup !

— Mais l'alternative exige peut-être trop de toi, s'est-il défendu.

Il m'offrait une porte de secours qui me permettrait d'éviter la folie. Néanmoins, dans ses yeux, j'ai lu qu'il ne s'attendait pas à ce que j'accepte. Il me connaissait bien.

— Ai-je jamais renoncé ? ai-je soufflé.

Me ramenant à lui, il m'a embrassée, doucement, tout en caressant ma nuque.

— Alors, tu acceptes de donner un coup de main à Arizona ? Comme avec Jonas ?

— Bien sûr ! Et ça sera pareil pour Summer et pour toi.

— Dans ce cas, c'est le moment d'agir.

2

À Foxton, la grange était nimbée de soleil, mais j'avais froid, vêtue de mes seuls tee-shirt et jean. Frissonnant, je me suis postée tout près de Phœnix.

— Qui est-ce ? lui ai-je demandé en désignant un nouveau venu.

Il paraissait aussi désorienté et paumé que moi lorsque j'étais tombée pour la première fois sur les Revenants. Mon amoureux a secoué la tête.

— Je ne l'ai jamais vu.

L'inconnu était assis par terre dans un coin ombreux. Bras autour de ses genoux repliés contre son torse, il donnait l'impression d'essayer de reprendre son souffle, comme en proie à une grande souffrance.

— Je vous présente Lee Stone, a lancé Arizona à la cantonade. Lee, voici Phœnix Rohr.

Le gars s'est relevé avec difficulté. Il était encore plus grand que Phœnix, qui mesurait pourtant plus d'un mètre quatre-vingts. Large d'épaules et costaud, il avait des cheveux clairs décolorés par le soleil et l'air de tout juste rentrer de la plage.

— Viens dire bonjour à Lee, Summer ! a poursuivi Arizona.

Intégrant ma vieille amie dans le cercle des *Beautiful Dead*, elle m'a tourné le dos, de façon à m'exclure. S'en apercevant, Phœnix m'a fait de la place.

— Hé, Lee, voici Darina.

Le malheureux arrivait à peine à rester debout. Il n'avait pas la moindre idée de l'endroit où il se trouvait, et le bronzage californien allant de pair avec sa musculature et sa chevelure platine avait disparu.

— Ne t'inquiète pas, l'a rassuré Summer. Tout va bien.

Ses boucles blondes luisaient comme de l'or sous la lumière du jour. Elle était habillée d'une blouse flottante et légère en coton clair sur un jean. Lee n'a pas bronché. La peur et la douleur étaient inscrites sur ses traits.

— Qu'est-ce qu'on fait ici ? ai-je demandé tout bas à Summer.

Le froid a semblé s'intensifier en dépit du soleil.

— Nous attendons Hunter.

J'ai frémi, tant à cause du manque de chaleur qu'à cause du nom. Phœnix a fermement saisi ma main.

— Donc, merci d'éviter les questions, m'a avertie Arizona, puisque nous n'avons pas les réponses.

Tandis que nous patientions, d'autres silhouettes, plus familières, ont surgi. Ève et son bébé Kori, en provenance de la cour. Donna a descendu l'échelle branlante du fenil. Ève et Donna étaient les bras droits de Hunter, toujours à l'affût, prêtes à déclencher le champ magnétique destiné à repousser les intrus. Jusqu'à présent, je n'avais pas osé me renseigner sur leur passé ; elles n'en parlaient pas. Pour l'instant, tout le monde se taisait.

Cela m'a donné le loisir de réfléchir. Si le pauvre Lee était enseveli sous un monceau d'interrogations, j'étais en mesure d'assembler les pièces du puzzle qui lui échappait. Un jeune homme grand et sportif, sous l'emprise de la souffrance et de l'égarement – que cela m'évoquait-il, sinon ce dont j'avais été témoin lors de ma visite inaugurale en ces lieux, comme un siècle auparavant ? Un type récemment décédé, pâle et parfait, effectuant ses premiers pas mal assurés hors des limbes, sur l'autre versant, tel Phœnix avant lui. Il ne me restait plus qu'à dénicher le sceau de la mort sur cette peau lisse et froide.

Tout à coup, une ombre s'est profilée à l'entrée de la grange. Nous nous sommes retournés vers Hunter. Il était encore plus rigide et sévère que dans mon souvenir. Pas un muscle de son visage n'a bougé tandis qu'il avançait en direction de Lee, ses yeux enfoncés dans leurs orbites ne ratant aucun détail.

— Tu es revenu, a-t-il simplement remarqué.

— Où suis-je ? Que s'est-il passé ?

Ayant repris haleine, Lee paraissait hésiter entre s'enfuir ou en découdre.

— Du calme, lui a ordonné Hunter. Tu as mal, mais tu ne risques rien parmi nous.

Ses paroles ont semblé rassurer le nouveau venu qui a commencé à s'intéresser au cercle. Il a contemplé Summer et Arizona, puis Ève et le bébé, Donna, Phœnix et moi.

— Trop fou, a-t-il marmonné. La dernière chose que je me rappelle, c'était que je dévalais les pentes en snowboard.

— Et maintenant, tu es ici, a enchaîné le suzerain. C'est ça qui compte. Tu as une affaire importante à régler, et nous sommes là pour t'aider.

— J'étais seul, a persisté Lee, obnubilé par son traumatisme, ultime et irréversible. Le premier à grimper là-haut. Un ciel bleu, une neige idéale, et puis brusquement...

— Le noir, l'a interrompu Arizona. Et tu ignores quand et pourquoi ça a mal tourné. Il y a un trou dans ta mémoire, assez vaste pour t'engloutir tout entier, et une souffrance si intense qu'elle est à peine tolérable. Nous savons ce que c'est.

— Nous allons t'accueillir par une cérémonie, a enchaîné Hunter.

Il a invité Lee à se débarrasser de sa chemise et à se placer au milieu du groupe avant de s'adresser à moi :

— Darina, tu peux nous laisser, maintenant. Attends-nous dans la maison.

Phœnix a hoché la tête en me souriant avant de lâcher ma main. J'aurais bien voulu discuter, mais Hunter m'a vrillée de ses prunelles intransigeantes, coupant court à mes envies de rébellion. Privée de volonté, j'ai quitté les lieux sans un mot. Cependant, le chef des Revenants ne m'avait pas interdit de regarder par-dessus mon épaule. À mi-chemin de la ferme, j'ai donc jeté un coup d'œil. Les défunts magnifiques avaient formé une ronde autour de Lee et chantonnaient avec bienveillance une psalmodie douce et rythmée. Les traits délicats de Summer, notamment, s'étaient comme éclairés, ses yeux brillaient, ses cheveux flottaient librement dans son dos. À côté d'elle, Arizona s'était débarrassée de ses couches protectrices de sarcasme, autorisant la joie à envahir son corps. Ève, le bébé dans ses bras, avait fermé les paupières, en transe.

« À la maison, Darina ! » Bien que me tournant le dos, Hunter m'avait repérée, à croire qu'il avait des yeux derrière la tête. Il était capable de dispenser ses ordres sans ouvrir la bouche. Pareille à un robot, je me suis éloignée. Cela ne m'a pas empêchée d'entendre l'incantation depuis le perron de la ferme, ni la voix de Phœnix qui, se détachant des autres, disait :

— Bienvenue, Lee. Bienvenue dans le monde des *Beautiful Dead*.

Une fois leurs rites de zombies accomplis, Summer est venue me chercher.

— Alors, Darina, comment vas-tu ?

J'ai secoué la tête, éberluée de l'entendre me poser une question aussi triviale.

— Combien de temps te reste-t-il ? ai-je riposté aussi sec.

— OK, je retire, c'était idiot.

Du bout des doigts, elle a poussé le rocking-chair qui s'est balancé d'avant en arrière, pareil au mouvement d'une horloge décomptant les minutes.

— As-tu croisé mes parents, récemment ? a-t-elle ensuite demandé.

— Non, je n'ai pas mis les pieds dans ton quartier.

— Ma mère ne quitte plus guère la maison. Elle s'y confine, depuis les sept mois et demi que j'ai disparu.

J'ai répondu qu'il lui faudrait longtemps pour se remettre.

— Ton père veille sur elle, ai-je ajouté. Il a rencontré Laura au centre commercial et lui a dit qu'il travaillait chez vous, désormais. Il s'est arrangé pour ne plus avoir besoin d'aller au bureau chaque jour.

— Toujours à imaginer des demeures idéales pour les gens, a-t-elle commenté avec un sourire. Gamine, j'adorais le regarder dessiner les lignes et les angles magiques de ses plans. C'est sa façon à lui de transformer les rêves en réalité.

— C'est un architecte très doué, ai-je acquiescé.

M. Madison avait conçu la baraque où vivait la famille de Zoey, ainsi que nombre de résidences luxueuses dans le quartier de Westra, y compris celle des Taylor, les parents d'Arizona, à laquelle *Mountain Living*[1] avait même consacré un reportage. Étrangement, la propre maison des Madison n'avait rien d'extraordinaire. Certes, elle était grande et dotée de baies vitrées qui offraient une vue spectaculaire sur le pic d'Amos et sur des kilomètres de forêts et de collines. Mais l'intérieur en était foutraque et chaleureux, encombré par les instruments

1. Magazine de décoration intérieure et d'annonces immobilières spécialisé dans les biens situés à la montagne. (Toutes les notes sont du traducteur.)

de musique de Summer et coloré par les tableaux inachevés qui pullulaient sur les murs.

— Je suis heureuse que papa travaille, a soupiré Summer. Maman continue-t-elle à peindre ? Ah oui, tu n'en sais rien, j'avais oublié.

Le rocking-chair oscillait toujours. Un petit pli barrait le front lisse et pâle de Summer.

— Ainsi, Lee a rejoint le groupe, ai-je lancé.

Avec elle, je n'abordais jamais les choses de but en blanc, contrairement à mon habitude. Summer me ralentissait, me donnait envie de m'intéresser à elle, y compris dans des instants comme celui-ci. Nous trouvions le temps de parler.

— Lui aussi cherche des réponses, a-t-elle murmuré en s'approchant de la fenêtre pour contempler la cour. Mourir seul sur une piste de ski à dix-neuf ans, c'est dur.

« Tout comme être atteinte par une balle perdue en plein centre commercial, non ? » ai-je songé, repensant à la manière dont elle avait quitté cette vie, par la faute d'un mystérieux psychopathe.

— As-tu vu la marque de mort de Lee ?

— Elle se trouve au bas de ses reins. Deux ailes d'ange parfaites. Ne t'inquiète pas, Darina, Hunter se chargera de lui. C'est sur Arizona que nous devons concentrer nos efforts, maintenant.

— Je sais, ai-je acquiescé en arpentant la pièce exiguë, de la porte à l'escalier. Ça ne va pas être facile. Il est difficile d'aimer Arizona.

— Qui t'a demandé de l'aimer ? a rétorqué Summer avec un grand sourire. Tout ce que tu as à faire, c'est trouver ce qui lui est réellement arrivé pour la libérer.

— Jonas ne m'a posé aucun problème, ai-je tenté d'expliquer. Tout le monde l'appréciait. Je ne pige pas. Pourquoi faut-il qu'Arizona ait un comportement aussi dur ?

— C'est ainsi. Ça n'a rien de personnel.

Summer a ouvert la porte pour laisser entrer un rayon de soleil qui a illuminé le tapis fané.

— Mais si ! me suis-je esclaffée avec aigreur. Tu n'as donc pas remarqué comment elle m'avait exclue du cercle ?

— Alors, tâche de ne pas réagir. Reste calme. Rappelle-toi : vivante, elle avait la mauvaise habitude d'endosser le rôle de la cheftaine. Elle voulait tout contrôler.

— Sauf que le temps lui échappe, hein ? Une fois n'est pas coutume, la voilà forcée de compter sur quelqu'un d'autre qu'elle.

— Toi, en l'occurrence. Son hostilité te paraît plus logique, à présent ?

— Tu es prête, Darina ? a demandé Arizona d'une voix peu amène.

J'étais assise avec elle et Phœnix sur les marches menant au fenil, une demi-heure environ après ma conversation avec Summer. La lumière de l'après-midi commençait à faiblir, et tout en moi regrettait que je ne sois pas seule avec mon amoureux.

— On court le cent mètres ou quoi ? ai-je rétorqué.

Summer avait beau m'avoir conseillé de ne pas relever les piques d'Arizona, l'énergie entre nous était entièrement conflictuelle, comme quand on mélange deux produits chimiques dans une boîte de Pétri avant de se reculer pour voir la réaction qui va se produire. Arizona m'a toisée.

— Hunter m'a dit de te fournir les faits essentiels. Note : fin octobre, un jeudi plutôt frisquet, aucun souvenir d'avoir eu l'intention de me baigner. Point barre.

« Ha ! Ha ! »

— As-tu croisé quelqu'un ? Avec qui as-tu parlé ?

— Mes parents, j'imagine. Je ne me rappelle pas. Papa était occupé, ce matin-là, et j'en ai profité pour sécher les cours afin de porter ma voiture à réparer.

— En ville ?

Elle a hoché la tête en évitant de me regarder.

— Un garage derrière le centre commercial. J'ai oublié son nom.

Décidément, elle ne me facilitait pas la tâche, m'obligeant à lui soutirer la moindre bribe d'information.

— Tu étais seule ? Qui t'a ramenée chez toi ?

— Je ne suis pas rentrée à la maison.

Un silence a suivi, qu'a rompu Phœnix.

— Sois sympa avec Darina, Arizona. Ce n'est pas facile pour elle, ici.

— Parce que ça l'est pour moi ? a-t-elle rétorqué.

L'espace d'un instant, ils ont communiqué par la pensée – une habitude de zombie – en échangeant des coups d'œil mauvais. Leur discussion muette m'a échappé, bien sûr.

Pour moi, Arizona est le genre de fille dont on voit le portrait dans les magazines de mode – tee-shirt et jean moulants, bottines à hauts talons qui la rendent encore plus grande qu'elle ne l'est déjà, plus maigre aussi. De longs cheveux noirs soyeux encadrent son visage, ses prunelles sont vert bouteille, et ses lèvres pleines sont déformées par une sempiternelle moue hautaine. Que m'avait-elle appris sur sa mort ? J'avais un garage sans enseigne et une heure de la journée. Bref, pas grand-chose, et ça m'avait procuré à peu près autant de plaisir que l'extraction d'une dent – j'avais été contente que ça s'arrête.

— Salut, Darina ! a lancé Iceman en entrant dans la grange. J'arrive tout juste de Government Bridge.

Tout à coup, j'ai pris conscience que, en effet, il n'avait pas participé au comité d'accueil de Lee Stone. Tous les Revenants avaient été présents, sauf lui. Comment avais-je pu l'oublier, lui, le troisième bras droit de Hunter, avec Donna et Ève ?

— Salut, ai-je répondu avec un sourire gêné.

— Hunter m'a envoyé là-bas pour surveiller les travaux récemment entrepris. Ce que j'ai vu ne m'a pas beaucoup plu.

— Combien d'ouvriers ? s'est enquis Phœnix.

— Cinq bonshommes. Un responsable et quatre ouvriers. Plus tout un tas d'engins, des excavateurs et des camionnettes à plateau surtout. Ils ont l'intention de renforcer le pont, à partir d'aujourd'hui.

Government Bridge se trouvait à environ trois kilomètres en aval de la ferme, une structure en bois fragile qui grinçait sous le poids des 4 × 4 des chasseurs et des pique-niqueurs. Comme on était en pleine réserve naturelle, un ingénieur quelconque avait dû décider qu'une révision complète s'imposait avant l'hiver.

— Qu'est-ce qui te pousse à croire qu'ils viendront par ici ? a marmonné Arizona sur un ton suggérant qu'elle ne saisissait pas les proportions données à l'affaire. D'accord, le torrent file vers Government Bridge, mais je ne pense pas que ces mecs soient du style à vouloir étudier la flore et la faune des environs.

Autrement dit, les ouvriers creusaient des trous et enfonçaient des étais en acier dans le sol avant d'aller droit au bar le plus proche en fin de journée. Typique des préjugés de la donzelle !

— Le cours d'eau passe en effet sous le pont, a acquiescé Iceman sans se fâcher pour autant. Et, au moment où nous jacassons, le chef de chantier est en train de le remonter afin de vérifier la force du courant.

Se levant, Phœnix s'est penché par-dessus la rambarde en bois de l'escalier.

— Hunter le sait-il ?

— Oui, je l'ai informé. Il veut que toi et Arizona m'accompagniez. L'idée est de barrer le chemin au type avant qu'il ne débarque ici.

La réaction a été immédiate. Abandonnant son attitude supérieure, Arizona a tiré un élastique de sa poche pour nouer ses cheveux, prête à l'action. Quant à Phœnix, il était déjà dehors. Le poursuivant, je lui ai demandé de m'emmener.

— Non, mieux vaut que tu restes ici, a-t-il aussitôt répondu.

Au même instant, Hunter est sorti de la maison avec Lee Stone.

— Qu'elle y aille ! a-t-il sèchement ordonné, depuis la véranda plongée dans l'ombre. Et Lee aussi. Qu'il découvre la façon dont nous procédons.

C'est ainsi que Phœnix, Iceman et Arizona ont ouvert la voie le long de la berge du torrent, tandis que la nouvelle recrue et moi-même les suivions. Nous avons franchi de hautes herbes, des rochers, des bosquets de saules, débusquant au passage une horde de cerfs à queue noire qui ont filé à grands bonds sur une pente presque verticale.

— Merde ! a juré Lee quand son pied a dérapé et plongé dans l'eau glaciale.

— Pas question de s'arrêter ! lui a lancé Arizona, alors qu'il se baissait pour délacer sa chaussure.

Government Bridge se profilait déjà.

— C'est quoi, ça, bon sang ? a maugréé Lee. Mon pire cauchemar ?

Il avait l'air d'avoir pris un coup sur la tête et de ne s'en être toujours pas remis.

— Un peu, ai-je marmonné en me hissant sur une saillie rocheuse pour me préserver du torrent. Et tiens-toi bien, c'est loin d'être terminé.

— Baisse-toi, Darina ! a sifflé Arizona. Tu veux donc que ces mecs nous repèrent, et qu'on retourne tous d'où on vient ?

— Pourquoi pas ? ai-je grommelé.

À cinquante mètres de là, Phœnix a perçu mes paroles, grâce à sa superouïe. Le front soucieux, il a désigné deux bulldozers jaunes garés à côté du pont et un petit attroupement autour.

— Aucun signe du contremaître, a-t-il annoncé.

— Hum, ça sent mauvais, a commenté Iceman, certain d'avoir entendu le gars dire à ses collègues qu'il allait remonter la rivière. On devrait peut-être rebrousser chemin et revérifier.

— Attends ! a soufflé Arizona.

Malgré la lumière faiblarde, elle avait remarqué qu'un ouvrier s'était détaché du groupe et se dirigeait vers nous. Mon cœur a eu un soubresaut quand je me suis rendu compte qu'il était armé d'un fusil de chasse.

— Qu'est-ce que tu as, Josh ? a crié un de ses collègues. Tu as vu quelque chose ?

Un troisième homme s'est emparé de son fusil, posé sur le plateau d'une des camionnettes.

— Ouais, il me semble, a lancé le dénommé Josh par-dessus son épaule. Un coyote, peut-être. Ou un cerf.

Énorme, il escaladait le coteau avec une maladresse qui a déclenché l'hilarité de ses camarades. Les quolibets ont fusé :

— Et tu comptes faire quoi ? Le descendre ? Préparer des steaks hachés de gibier pour le dîner ?

En dépit des rires, ils étaient maintenant deux à se rapprocher. Phœnix a compris qu'il était temps de passer aux choses sérieuses. Je me suis faufilée entre lui et Iceman, derrière une pierre que l'érosion avait transformée en haut piton arrondi. J'ai senti le champ magnétique des zombis qui m'avait terrifiée à maintes reprises. Il a commencé par une violente bourrasque qui a soulevé un nuage de poussière et de graviers sur le flanc du coteau, s'est poursuivi par un soupir et s'est achevé avec des battements d'ailes d'une puissance incroyable.

— Merde ! a murmuré Lee dans mon dos.

Apparemment, le choc avait réduit son vocabulaire à un seul mot.

— C'est quoi, ce truc ? a-t-il enchaîné. Une bande d'oiseaux géants ?

Les ailes invisibles provoquaient une véritable tempête, attaquant les types armés, les forçant à se baisser, à s'arrêter. L'atmosphère s'est assombrie. Les hommes ont brandi leurs bras afin de se protéger.

— Tu vas voir, ils vont décamper ! ai-je chuchoté à l'intention de Lee.

— Bon Dieu de bois ! a beuglé Josh quand les ailes réveillées par Phœnix et Iceman l'ont percuté. Voilà le genre d'expériences que les chasseurs de tornades recherchent ! Vous imaginez l'adrénaline ?

— On est où, là ? s'est égosillé l'un de ses collègues. Dans l'œil d'un cyclone ? Bon sang, j'ai l'impression d'entendre des battements d'ailes !

De plus en plus d'âmes perdues rejoignaient le champ magnétique afin de faire reculer les ouvriers vers le pont. Elles ont dévalé le flanc des montagnes, aplatissant les herbes et arrachant les fleurs, ont tourbillonné autour des intrus jusqu'à ce que leurs jambes cèdent, et qu'ils s'effondrent par terre.

— Vise un peu ! ai-je lancé à Lee, les crânes ne vont pas tarder à surgir !

Ces hommes étaient des adultes qui ne voulaient pas perdre la face devant leurs potes, mais il faisait sombre, ils étaient assaillis par une force dont la réalité leur échappait, ramenés malgré eux au bas du coteau. Qui plus est, ils distinguaient à présent des apparitions, cauchemardesques, morbides, dont, après coup, on refusait d'admettre l'existence, par peur que les autres vous fuient en vous traitant de dingue.

Iceman, Phœnix et Arizona avaient appelé des renforts. Des têtes de mort se sont dessinées dans le ciel, floues d'abord mais prenant forme peu à peu, planant au-dessus des types, puis plongeant l'une après l'autre vers le sol pour envahir le champ de vision de leurs victimes avec leurs dômes jaunis et leurs orbites vides et insondables, si noires qu'elles vous privaient de toute sensation. J'étais bien placée pour le savoir, ayant subi ce traumatisme.

Les deux malheureux se sont recroquevillés sur le sol. Les trois ouvriers restés près du pont se sont précipités vers leurs camarades. À leur tour, ils ont subi l'influence acharnée des ailes, ont vu leurs copains si courageux se mettre en boule comme des fœtus, ont aperçu, peut-être, ou cru apercevoir des crânes dans l'obscurité – bref, ils n'ont pas poussé plus avant. Au contraire, ils ont tourné les talons et se sont aveuglément précipités vers leurs véhicules. Sans attendre ceux qui étaient à flanc de colline, ils ont démarré et ont déguerpi sur la piste conduisant au col de Turkey Shoot.

À côté de moi, Lee a fini par piger ce qui se passait.

— On est capables de ça ? a-t-il marmonné. On peut convoquer les âmes de l'enfer ?

— Pas de l'enfer, des limbes, l'a corrigé Arizona, toujours précise, même en un moment aussi tendu. Bon, ces deux-là ont eu leur compte.

Elle avait raison. Josh et son ami s'accrochaient l'un à l'autre. À genoux, ils arboraient des expressions si douloureuses que leurs traits n'avaient plus rien d'humain. Dérapant, trébuchant, ils ont regagné le pont sans même emporter leurs fusils.

— J'ai l'impression qu'ils vont devoir rentrer à pied.

La voix sereine de Hunter a résonné derrière nous. Il était flanqué d'un inconnu, un homme grisonnant à lunettes, en chemise à carreaux, jean et chaussures de marche, dont le regard semblait vide.

— Toi aussi, a ajouté le suzerain à l'adresse de son compagnon.

Le type n'a pas bronché, comme s'il ne voyait ni n'entendait rien de ce qui l'entourait.

— Je vous présente le responsable des travaux, a poursuivi Hunter. Il a dû vous croiser à votre insu. Summer l'a repéré qui descendait en direction de la ferme. Il n'y avait pas d'autre solution, j'ai effacé l'incident de sa mémoire.

Si je voulais profiter de Phœnix, il me fallait impérativement sauver Arizona. Chaque fois que je me rappelais cela, j'avais l'impression d'avaler une potion amère.

— Préserve-toi, m'a recommandé mon chéri près du vieux réservoir d'eau quand l'heure est venue de nous séparer. Et promets-moi de ne pas foncer tête baissée dans les problèmes, à moins d'avoir au préalable envisagé une porte de sortie.

— Depuis quand suis-je aussi imprudente ?

Les yeux plantés dans les miens, il y a décrypté la souffrance que provoquait en moi cet éloignement obligatoire.

— Depuis le jour où je t'ai rencontrée. C'est ce qui te rend intéressante. La plupart des élèves du lycée d'Ellerton vivent le pied sur le frein. Pas toi.

— Pourtant, tu me demandes d'être comme eux, ai-je soupiré. Toujours vérifier les choses avant d'agir, assurer mes arrières, ne pas me précipiter. De toute façon, l'ambiance est pire que jamais, en ville depuis que... tu sais, quoi.

— Oui, les quatre décès. Un accident de moto, une noyade, une fusillade et un coup de poignard. Difficile de faire pire, non ?

— Si. Les jeunes craignent d'être le prochain sur la liste. Leurs parents aussi, au point d'en devenir paranos.

La tension avait atteint un niveau record, à Ellerton. Les ados étaient punis et confinés à la maison pour la moindre broutille, leurs géniteurs leur imposaient des couvre-feux que même un gamin de cinq ans aurait eu du mal à respecter.

— Chaque fois que j'attrape les clefs de ma voiture, ai-je continué, Laura me saute dessus et me demande où je vais, avec qui et pour quoi.

— Alors, préserve-toi, a répété Phœnix.

Ses doigts, autour de ma main, s'étaient desserrés, et il regardait en direction de la grange. Sauf que je désirais toute son attention, moi ! J'ai donc emprisonné sa nuque dans mes bras.

— À quoi penses-tu ?

— À rien. Ça n'a pas d'importance.

Il a eu beau m'enlacer par la taille, j'ai deviné qu'il était toujours aussi distrait. J'ai cru qu'un baiser résoudrait le problème, un de ces baisers tristes et tendres qui scellent le départ de gens qui n'ont aucune envie de se quitter. Encore une fois, je me suis trompée.

— Désolé, Darina, s'est-il excusé en me lâchant et en reculant, les yeux fuyants. Hunter a besoin de moi, il faut que j'y aille.

Des bouffées de panique m'ont saisie au ventre et à la poitrine. S'éloignait-il de l'amour absolu que je lui vouais ? Mais qu'avais-je dit, qu'avais-je fait pour mériter ce châtiment ?

— Je t'aime, ai-je chuchoté.

Il m'a dévisagée, tout en secouant imperceptiblement la tête. Un mouvement à peine visible, mais le scepticisme se lisait dans son regard.

— Il faut que j'y aille, a-t-il redit. Prudence au volant, hein ?

J'ai pleuré tout mon soûl avant d'atteindre la maison. Je me suis seriné que j'étais trop sensible, qu'Arizona m'avait provoquée, que l'arrivée de Lee avait ajouté un ingrédient incertain au cocktail déjà explosif que formait le groupe. Ce n'est qu'à Centennial que j'ai repris le contrôle de mes nerfs. « La prochaine fois, ce sera génial entre Phœnix et moi. J'ai imaginé un problème là où il n'y en avait pas. Il continue de m'aimer avec autant de force que je l'aime, autrement dit, complètement et jusqu'à la fin du monde. »

— Kim Reiss a téléphoné, m'a annoncé Laura lorsque je suis arrivée dans la cuisine après avoir balancé mon trousseau sur la table du hall. Elle a avancé ton rendez-vous de lundi à seize heures trente.

— Suis-je obligée d'y aller ? ai-je gémi. Tu jettes ton argent durement gagné par les fenêtres, tu sais ?

Laura avait réglé d'entrée six séances de thérapie et elle ne m'autoriserait pas à sécher la prochaine.

— Je crois qu'elles t'aident à gérer ton deuil, a-t-elle insisté.

— Ah ouais ? Et qu'est-ce qui te fait dire ça ?

— Tu ne restes plus couchée toute la journée comme avant les événements, a-t-elle répondu en me tendant un café.

Les « événements » ou, plus franchement, la mort de Phœnix. Mon cœur s'est affolé, et j'ai failli craquer de nouveau. Je venais juste de me séparer de mon *Beautiful Dead* de petit ami sur la crête de Foxton en éprouvant une distance entre nous encore jamais ressentie, et l'angoisse me rongeait. Laura a sans doute remarqué l'éclat de souffrance qui traversait mes yeux, car elle a changé de ton, plus gentil soudain.

— Tu as recommencé à sortir, Darina. Tu me cherches des poux dans la tête, comme autrefois. Comme en ce moment.

— D'accord, j'irai, ai-je cédé.

Après tout, c'était important pour Laura. Surtout, ça détournait son attention de ce à quoi je m'adonnais vraiment.

Dimanche, je me suis levée tôt et me suis rendue chez Logan.

— Tu es affreuse, on dirait que tu n'as pas fermé l'œil, m'a-t-il lancé avant même que j'aie mis un pied dans la cuisine.

Son père dormait encore, il se préparait des œufs au bacon.

— Merci du compliment.

J'ai jeté un bref regard à mon reflet dans le miroir de l'entrée. Mes cernes noirs étaient visibles, accentués par l'eye-liner gris et le mascara sans lesquels je ne sors jamais de chez moi.

— Tu veux manger quelque chose ?

— Non merci.

M'asseyant à table, j'ai accepté un verre de lait avant d'attaquer bille en tête.

— Parle-moi un peu des cours de guitare que tu prends avec Frank Taylor.

De la fumée bleue montait de la poêle. Logan aimait son bacon bien croquant.

— Tu souhaites t'améliorer ? a-t-il répondu. Je peux m'occuper de toi, tu sais ?

— C'est gentil, mais je préférerais un prof accompli. D'après ce qu'on m'a raconté, M. Taylor est excellent.

J'avais réfléchi toute la nuit à la manière d'en apprendre plus sur Arizona, histoire d'avancer un peu dans ma quête. D'ordinaire, je me serais adressée à ses amis, qui m'auraient donné tout un tas d'informations sur ses fréquentations, ses endroits de prédilection, ses éventuels secrets. Malheureusement, Arizona n'ayant pas été du genre à entretenir des amitiés étroites, cette option était à exclure. Ce qui me condamnait à me rapprocher de ses parents et à essayer d'en découvrir plus par eux. D'où mes questions à Logan sur ses leçons. D'accord, je reconnais que je me servais de lui. Sans être en mesure, qui plus est, de lui révéler les véritables raisons de mon soudain intérêt pour la musique.

— Frank Taylor est spécialiste de la guitare espagnole, m'a-t-il expliqué. Tu es sûre de ne pas vouloir de bacon ?

— Sûre et certaine. Justement, c'est celle-là qui m'attire. J'ai déjà joué de l'électrique. Jonas m'avait appris, tu te souviens ?

— Pourquoi ne me laisses-tu pas t'enseigner la guitare classique, alors ? Ce serait un bon moyen de passer du temps ensemble.

« Justement, mon pote ! » Logan ne renonçait pas. Il m'évoquait ces berniques qui s'accrochent aux coques des bateaux, et que les marins sont obligés de racler au couteau. Il y a un an, je n'aurais jamais porté pareil jugement sur lui. Mais entre-temps, Phœnix avait surgi dans ma vie.

— Est-ce que Frank Taylor dispense ses leçons privées au conservatoire où il est prof ?

— Non, je vais chez lui, a dit Logan en engloutissant son petit déjeuner. Tous les mardis à dix-huit heures. Tu verrais ça, Darina ! Comparé à ici, et même à chez toi, c'est un palais. La baraque a été photographiée par *Mountain Living* après que Mme Taylor a engagé un architecte d'intérieur pendant toute une année. Elle s'est entièrement chargée de la déco.

— Je suis au courant. Donc, tu te rends là-bas. Merci, Logan. J'y ferai un saut après déjeuner.

Me levant, je lui ai volé son dernier morceau de bacon avant de filer.

Il était clair que Frank Taylor n'avait pas besoin d'argent, et que c'était par pur amour de la musique qu'il vendait au bas peuple ses connaissances, à vingt-cinq dollars de l'heure.

Arrivée dans le quartier de Westra, je m'étais garée devant le portail électronique du 2850 North 22 Street. La maison s'élevait sur une vaste pelouse. Bâtie dans le style hollandais, elle avait des toits bas et des pignons arrondis, ainsi qu'une véranda au design compliqué de chaque côté. Un jardinier soignait les parterres de fleurs.

— Frank Taylor est-il là ? l'ai-je hélé.

Le bonhomme, vieux et maigrichon, s'est approché et m'a regardée d'un œil suspicieux.

— Et qui le demande ?

— Je voudrais suivre des cours de guitare, ai-je expliqué en évitant de lui répondre directement.

D'ailleurs, qui était-il ?

— Je prends le relais, Peter ! a lancé une voix.

Une haute silhouette a descendu l'allée. La soixantaine à mon avis. Aussi, lorsque l'homme a ouvert le portail et m'a tendu la main en se présentant comme étant Frank Taylor, j'ai été surprise. Wouah ! Ainsi, Arizona avait eu un père âgé ! Ses épaules étaient voûtées, des rides entouraient ses yeux profondément enfoncés dans leurs orbites.

— Comment avez-vous su que je donnais des leçons ? s'est-il enquis.

— Par un ami. Logan Lavelle.

— Ah oui. Logan est un chouette môme. Il a de la technique, mais guère de flair. Je vous en prie, entrez... euh ?

— Darina.

Je l'ai suivi jusqu'à la maison.

— Je connaissais Arizona, ai-je révélé. Nous étions en classe ensemble.

Autant me débarrasser de ça tout de suite.

— Elle n'a jamais parlé de vous, a-t-il rétorqué avec raideur. Par ici.

Il m'a tenu la porte. Rien que le hall qui se transformait en séjour était plus grand que toute ma maison. Il était décoré dans un mélange de classique et de contemporain : bois ciré et acier brossé, canapés en cuir assez vastes pour y asseoir une équipe de basket au complet, murs peints dans un beige neutre.

— Allyson, voici Darina, a dit Frank à une femme qui sortait d'une autre pièce. Elle a l'âge qu'aurait eu Arizona.

Un frisson m'a secouée lorsque, l'espace d'une seconde, j'ai cru avoir affaire à la sœur aînée d'Arizona, une sœur dont j'aurais tout ignoré. Cependant, à force d'examiner les cheveux blonds et lisses à la perfection suspecte, le maquillage impeccable et le front dénué de ride au point d'en paraître figé, j'ai conclu qu'Allyson était sa mère. Si Frank taquinait la soixantaine, elle ne devait pas avoir plus de trente-cinq ans.

— Bonjour, Darina !

Elle n'aurait pu se montrer plus indifférente. Sans s'arrêter, elle a filé droit vers la porte.

— Si tu as besoin de moi, je serai au studio, Frank ! a-t-elle précisé en disparaissant.

— Quelle surprise ! a-t-il soupiré avec un haussement d'épaules exaspéré. Ma femme travaille dans une chaîne d'information continue, m'a-t-il expliqué ensuite. Qu'il pleuve, qu'il neige ou qu'il vente, elle y passe sa vie.

Considérant que ces détails ne me regardaient pas, je me suis focalisée sur les meubles signés tandis qu'il me conduisait dans une pièce qui, visiblement, était sa salle de musique. Une demi-douzaine d'instruments se tenait au garde-à-vous contre le mur, et des claviers, des ordis, des moniteurs et des systèmes audio de tout acabit encombraient l'espace.

— Êtes-vous une débutante, Darina, ou possédez-vous quelques notions musicales ? m'a demandé Frank en s'installant derrière un bureau, un peu comme un procureur au tribunal.

— Je gratouille.

Il m'a passé une guitare acoustique.

— Montrez-moi ça.

Mon père m'avait appris une chanson de James Taylor [1] quand j'avais dix ans. Après

1. Compositeur américain de folk-rock né en 1948.

avoir expliqué ça, je me suis lancée... et je l'ai massacrée.

— En effet, a-t-il commenté ensuite. Vous gratouillez, comme vous dites. Vous connaissez un autre morceau ?

— Quelques trucs de l'album *Johnny Cash at Fulsom Prison* [1].

Nom d'un chien ! Comment m'étais-je fourrée dans un pétrin pareil ? C'était hyper embarrassant.

— Rien de Bach ou de Debussy ? Votre père ne vous a pas enseigné comment jouer à la Segovia [2] ?

Frank Taylor était-il en train de se moquer de moi ? Inspectant ses traits, je n'y ai cependant détecté aucune trace d'humour. Il s'est enfoncé dans son fauteuil.

— Bien, Darina, et si vous m'expliquiez les vraies raisons de votre présence ici ? m'a-t-il lancé à brûle-pourpoint.

Apparemment, les Taylor étaient habitués à détecter les intrus. Après l'article publié

1. Célèbre guitariste de country américaine (1932-2003). L'album cité fait référence aux concerts que Cash avait l'habitude de donner dans les prisons.
2. Immense virtuose de la guitare espagnole (1893-1987).

par *Mountain Living,* une foule de journalistes à la noix avaient battu le pavé devant leur domicile afin de les photographier pour leurs magazines respectifs. Puis, après le décès d'Arizona, de prétendus copains de cette dernière avaient surgi d'on ne sait où et s'étaient révélés être des badauds avides de reluquer la tragédie de l'intérieur. Du moins, c'est ce que m'a raconté M. Taylor, sans se gêner pour me cataloguer aussitôt dans cette catégorie.

— Si vous n'aviez pas mentionné Logan, je ne vous aurais jamais autorisée à entrer, a-t-il précisé.

— Ce n'est pas ce que vous croyez, me suis-je défendue. (Nous étions dans le couloir, et je me suis pris les pieds dans un luxueux tapis.) Je connais... je connaissais Arizona. Nous étions amies.

Malheureusement, sa patience était à bout.

— Je vous répète qu'elle n'a jamais parlé de vous. C'est aussi la première fois que vous venez à la maison. Elle est morte depuis presque un an, vous ne trouverez rien de plus ici. Je vous prie de partir.

— Désolée, je ne voulais pas vous offenser.

— Ce n'est pas le cas, a-t-il répondu d'un ton calme tandis qu'il me congédiait en refermant le battant devant moi.

La serrure a cliqueté, j'ai redescendu la longue allée jusqu'au portail. « Bravo, ma vieille ! Ça s'est super bien passé », me suis-je dit en cherchant des yeux le jardinier, prête à encaisser une nouvelle humiliation. Mais Peter n'était pas dans les parages. En revanche, quelqu'un était assis dans la gloriette, au milieu du gazon. Un jeune garçon penché au-dessus d'un grand bloc de papier posé sur ses genoux, si occupé par son crayon qu'il ne m'a pas remarquée. Quelque part sur le flanc de la maison, une porte s'est ouverte.

— Où es-tu, Raven ? a résonné la voix de Peter.

Levant la tête, l'interpellé m'a semblé réagir avec excès à la question du vieux, car, sortant de son refuge, il a filé à toutes jambes. Il devait avoir dans les neuf ans, était brun et maigre comme Arizona mais paraissait dénué de la confiance en soi des Taylor. C'était tout l'opposé, même. Il avait l'air d'avoir peur, d'être désorienté, de ne pas trop savoir dans quelle direction se sauver. Comme il avait laissé tomber son bloc sur la pelouse, je me suis empressée d'aller le ramasser et le lui ai tendu.

— Tiens, ai-je dit.

J'ai eu le temps d'apercevoir l'esquisse qu'il avait dessinée – une représentation détaillée et réaliste de la vaste demeure, proportions respectées, tracée avec tant d'aisance qu'on aurait cru que le crayon avait couru d'une seule traite sur le papier.

— Je ne veux pas que tu quittes la maison, Raven !

Peter est apparu au coin du bâtiment. M'apercevant en compagnie du gamin, il est venu à grands pas vers nous, la mine sévère.

— Prends ton croquis, ai-je insisté en le fourrant dans les mains du petit. Il est superbe.

Mes paroles n'ont eu aucun effet sur son expression de lapin pris dans le faisceau des phares d'une voiture. Froissant la feuille, il l'a enfoncée dans la poche de ma veste.

— Viens avec moi, Raven, a ordonné Peter sur un ton sans réplique. Ton père te cherche.

3

— C'était très bizarre, ai-je confié à Kim Reiss le lendemain. Je ne savais même pas qu'Arizona avait un frère.

— Tu la connaissais bien ?

Ma psy semblait plus intéressée par mes relations avec Arizona que par le mystérieux Raven.

— *Personne* ne la connaissait. Elle était comme ça. N'empêche, elle n'aurait quand même pas caché qu'elle avait un frangin, non ? Quel intérêt ?

— Pourquoi cela t'importe-t-il autant ?

— Le môme avait peur. J'ai eu l'impression que c'était comme s'ils le planquaient, ce n'est pas normal.

Le regard de Kim ne me quittait pas, à croire qu'elle lisait une carte routière sur mes traits, y cheminant selon les émotions et les pensées qu'ils révélaient.

— Ils ont peut-être de bonnes raisons ? a-t-elle suggéré.

— Et puis, il y a ça, ai-je éludé en sortant le dessin froissé de ma poche. C'est leur maison. Dans le moindre détail, il ne manque pas un carreau.

C'est avec beaucoup d'attention qu'elle a examiné la feuille avant de me la rendre en hochant la tête.

— Je me demande si Raven est confiné chez lui ou s'il va à l'école, a-t-elle commenté.

— Quand bien même, ai-je riposté, pourquoi un tel secret ?

Cette question m'avait tourmentée toute la nuit et toute la journée, au lycée.

— Et comment expliquer que la baraque ait été vidée de tout souvenir évoquant Arizona ? ai-je poursuivi. Je n'ai aperçu aucune photo d'elle, et pas une de ses affaires ne traînait. Comme si elle n'avait pas existé.

— C'est sans doute trop douloureux pour ses parents. Nous ne pouvons nous permettre de les juger là-dessus, a objecté Kim en jetant un coup d'œil à sa montre. Écoute, Darina, nous venons de consacrer un quart d'heure à Arizona. N'y a-t-il rien d'autre que tu souhaiterais aborder ?

— Par quoi commencer ? ai-je soupiré avec une grimace.

— Comment ça se passe, entre toi et Laura ?

— Toujours pareil. Elle stresse, je fuis. Fin de l'histoire.

— Et avec ton ami Logan ?

— Idem.

— Et comment gères-tu les sentiments que t'inspire le décès de Phœnix ?

— Je vis au jour le jour, ai-je marmotté.

Lors de nos premières séances, j'avais vidé mon sac, avouant que je continuais de voir Phœnix partout, au lycée, en ville, dans tous les endroits où je posais les yeux. Kim m'avait expliqué qu'il s'agissait là d'un phénomène normal en période de deuil. Sauf que la réalité lui échappait. Je *voyais* littéralement mon Revenant d'amoureux, qui se matérialisait aux moments les plus inattendus, en bon zombie qu'il était. Mais ça, c'était avant que je doive garder le secret des défunts magnifiques, avant que j'en subisse le fardeau permanent.

Depuis, quand le sujet tombait sur le tapis, les battements d'ailes retentissaient aussitôt, avertissement envoyé par Hunter. Ça se produisait en cet instant même, d'ailleurs, une fureur ailée qui menaçait de me suffoquer si je me confiais à ma thérapeute. Je me suis levée si brutalement que ma chaise s'est balancée sur ses pieds.

— Écoutez, ai-je décrété, j'en ai ma claque.

Le regard de Kim a exprimé une vague surprise.

— Tu veux t'en aller ? Notre séance n'est pas encore terminée.

— Si. Je n'y suis venue que parce que Laura l'avait arrangée. Ça ne m'intéresse plus.

L'étonnement s'est effacé au profit d'une sérénité toute professionnelle.

— J'entends bien, Darina, et je suis navrée que tu éprouves cela.

— Ça ne me sert à rien, me suis-je écriée. Évoquer Phœnix est trop douloureux. Vous ne comprendriez pas, de toute façon.

Elle s'est mise debout à son tour.

— Pars si tu le désires, a-t-elle murmuré. Mais sache que ma porte te reste ouverte.

— Merci.

Les ailes se sont tues, je me suis enfuie. Et il était hors de question que je revienne. Ce qui était dommage, parce que j'appréciais Kim Reiss pour de bon. Elle et moi parlions le même langage, et elle ne me pressurait pas. J'aurais pu m'habituer à partager mes émotions avec elle.

J'ai passé l'heure suivante à boire du Coca dans un boui-boui de Centennial tout en m'efforçant de me persuader qu'il n'était pas nécessaire de retourner à Foxton tant que je n'aurais rien découvert d'utile à propos d'Arizona. « Rentre à la maison, me suis-je exhortée. Repose-toi. Tu réessayeras demain. »

Malheureusement, je me sentais attirée par les lieux comme par un aimant, surtout quand j'imaginais Phœnix qui marchait sur la crête, montait la garde contre les ouvriers trop curieux ou contre toute bande de chasseurs non avertis risquant de se diriger vers la ferme. Lui et moi avions un problème, il fallait le régler.

« Rentre, Darina ! me suis-je répété. À quoi bon aller là-bas alors que la nuit est sur le point de tomber ? »

Ce sont des rugissements de moto qui m'ont ramenée à la réalité présente. Un défilé de Harley a surgi pour se garer sur le parking. J'ai reconnu Brandon Rohr à la tête du groupe, de même que quelques-uns des gars qui avaient participé à la cérémonie en souvenir de Bob Jonson. Descendant de leurs bécanes, ils ont envahi le restaurant dans de grands bruits de bottes et des crissements de blousons en cuir. Un instant, j'ai cru que Brandon allait m'ignorer, mais il est venu s'asseoir à ma table. Un de ses compagnons s'est chargé de commander à manger au comptoir. Comme Brandon, il avait la vingtaine, machisme compris.

— Salut, Darina ! m'a dit le frère de Phœnix en prenant son temps pour se débarrasser de son blouson clouté et le suspendre au dossier de sa chaise. Ta nouvelle bagnole te plaît ?

— Oui.

Dommage que je n'aie pas terminé mon Coca et ne me sois pas tirée quelques minutes plus tôt. Je n'avais aucune envie de faire la conversation avec mon interlocuteur.

— Hé, Kyle ! a-t-il braillé à l'intention du type au comptoir. Je te présente la copine de mon frangin, Darina. Darina, Kyle Keppler. Vouloir discuter avec cette fille, c'est comme pisser dans un violon !

— Salut, a marmonné l'interpellé sans daigner se tourner vers moi.

— J'ai beau lui avoir trouvé la plus chouette décapotable du coin, a poursuivi Brandon, désormais bien parti sur sa lancée, elle me récompense juste par un petit « oui » des plus nuls. Byram, Aron, voici Darina, a-t-il ajouté en se penchant vers deux autres gars.

Byram était le bonhomme plus âgé qui avait été sympa avec Zoey.

— Laisse donc Brandon s'occuper de toi, petite, m'a-t-il conseillé. Il sait y faire.

Bon sang ! C'était un vrai raz-de-marée de testostérone ! Comme d'habitude, la ressemblance entre mon copain et son frère m'a frappée : la haute taille, les épaules carrées, les cheveux bruns et le sourire en coin.

Brandon Rohr m'inspirait des sentiments contradictoires d'amour-haine. Je l'aimais parce qu'il était l'aîné de Phœnix, mais je le détestais parce qu'il était également responsable de la bagarre qui lui avait coûté la vie. J'étais prête à parier que c'était sa mauvaise réputation qui avait déclenché les hostilités entre les deux bandes rivales. Si je n'en avais aucune preuve, j'étayais mon hypothèse sur tout un tas d'informations contradictoires et sur mes propres soupçons. Bref, pour être honnête, bien que Brandon m'ait dégoté une voiture et veille sur moi afin de respecter les dernières volontés de son frère à l'agonie, j'étais plus portée à la haine qu'à l'amour.

— Tu ne le sais peut-être pas, a repris Brandon en posant son bras sur le dossier de la chaise de Kyle qui venait de s'asseoir à côté de lui, mais mon pote et toi avez quelque chose en commun.

J'en doutais en effet, et mon expression l'a clairement laissé entendre.

— Je t'assure, a insisté Brandon, histoire de me ferrer. Lui et toi avez perdu un être cher.

J'ai baissé les yeux en m'efforçant de ne pas écouter.

— Toi, mon frangin, et lui, Arizona.

Pour le coup, j'ai vivement redressé la tête.

— Quoi ? Non !

Kyle était à des années-lumière des garçons raffinés que fréquentait Arizona. Costaud, blond et plus âgé que nous. En plus, il se rongeait les ongles.

— Si, a rétorqué Brandon. Ça fait un an, et mon pote Kyle ne s'en remet pas, même s'il ne le montre pas. Figure-toi qu'ils sont sortis ensemble plus longtemps que toi et Phœnix.

Ça alors ! Je me retrouvais maintenant avec un petit copain *et* un frère dont j'avais ignoré l'existence. Bonjour la confiance, Arizona !

Bien qu'il commence à se faire tard, j'ai finalement cédé à mon désir d'aller à Foxton. Les premières étoiles brillaient dans le ciel, et une nouvelle lune dominait la croix de néon de Turkey Shoot. Lorsque je suis parvenue au bout du chemin et que j'ai emprunté le sentier menant à la ferme, je n'y voyais goutte. Trébuchant sur un rocher, je me suis éraflé le tibia.

— Zut !

La prochaine fois, je porterais un jean. Une jupe courte n'était pas adaptée aux circonstances. Pas plus que mes chaussures pointues. Et il faudrait aussi que je pense à emporter une lampe électrique. Après avoir souvent manqué de me casser la figure, j'ai fini par atteindre le réservoir. Je n'ai perçu aucun champ magnétique me repoussant, c'était déjà ça. Je n'aurais pas eu la force de lutter contre les ailes et les têtes de mort, ce soir.

À leur place, Hunter avait envoyé la recrue, Lee Stone, à ma rencontre. Sans un mot, il est sorti de l'ombre. J'ai sursauté et reculé d'un pas.

— Heureusement que, à votre contact, j'ai appris à avoir des nerfs d'acier, lui ai-je lancé. Tu n'aurais pas pu prévenir, au lieu de surgir comme ça à l'improviste ?

— Hunter m'a demandé de te guetter. Il savait que tu viendrais.

— Hunter sait tout, ai-je répliqué sèchement. Mets-toi ça dans le crâne.

Au sommet de la colline, les étoiles et la lune fournissaient juste assez de lumière pour que j'arrive à distinguer un peu mieux Lee. Il avait un tee-shirt sombre et un blouson noir que j'ai identifié comme ayant appartenu à Phœnix – certainement celui qu'il portait quand il avait été poignardé.

— Tourne-toi, ai-je murmuré.

Je ne m'étais pas trompée : une déchirure inégale marquait le cuir entre les épaules. J'ai réprimé un petit cri et le frisson qui me secouait.

— Où sont les autres ?

— Dans la grange. Ils tiennent une sorte de réunion. Ils m'ont ordonné de monter la garde.

Visiblement, Lee ne s'était pas encore remis d'être revenu d'entre les morts.

— Eh bien, je suis là, maintenant. On les rejoint ?

— Non. Ceux de l'autre versant ne sont pas conviés à ce truc. Je crois qu'il s'agit d'une espèce de rituel.

— Quel genre de rituel ? (C'était la première fois que j'en entendais parler.) Il faut que je voie Phœnix ! C'est personnel.

Ce Lee commençait à me taper sur le système.

— Hunter l'a interdit, a-t-il riposté en me bloquant le passage.

— Alors, si telle est la volonté du suzerain ! me suis-je moquée, quand bien même mon humour était sans doute gaspillé. Dis-moi, Lee, cette absence de liberté ne te dérange pas ?

— C'est ainsi. Navré, mais c'est Hunter qui donne les ordres, ici.

Il m'a paru abattu, et sa voix a trahi un certain manque d'assurance.

— Ne te bile pas, je suis au courant. Parfois, c'est dur à avaler.

— Qu'est-ce qui est dur à avaler ?

— Obéir, ne pas éventer le secret, être tenue à l'écart des choses. Hunter t'a-t-il précisé à quel moment il me laisserait m'entretenir avec Phœnix ? Si ce n'est pas ce soir, quand ?

— Aucune idée, non. Je suis désolé.

— Ne le sois pas, ce n'est pas ta faute.

Pendant une minute, j'ai réussi à me mettre à sa place.

— T'ont-ils expliqué comment ça fonctionnait ? ai-je ensuite demandé.

— Vaguement, a-t-il marmonné. J'ai appris que mon tour viendrait après Arizona, Summer et Phœnix. Attendre n'est pas facile, surtout depuis que j'ai découvert que j'étais plus ou moins censé régler un truc.

— Il existe un mot, ai-je acquiescé. Revenant. Tu es revenu ici temporairement, doté de pouvoirs bizarres.

Lee m'a adressé un sourire entendu, et je me suis alors rendu compte qu'il était beau.

— Oui, a-t-il blagué, il semble que je sois capable d'effacer ta mémoire ! C'est pas cool, ça ?

— Si, mais ne t'y risque pas, ai-je répondu avant d'enchaîner rapidement. Ton cœur ne bat pas, mais ton ouïe est super développée, si ça peut te consoler.

— J'ai repéré le moteur de ta voiture depuis le col de Turkey Shoot, a-t-il confirmé.

— Alors, tu es bien l'un des *Beautiful Dead.*

Je l'ai regardé droit dans les yeux avant de poser une main amicale sur son bras.

— Ne t'inquiète pas, ai-je repris. Tout finira par avoir un sens.

— Quelle scène touchante ! s'est exclamée une voix. Excusez-moi, je dérange ?

Arizona est à son tour sortie de la pénombre. J'ai retiré ma main comme si je m'étais brûlée.

— Explique-moi un peu pourquoi tu ne m'as jamais dit que tu avais un frère, ai-je rétorqué. Et un copain tout en muscles appelé Kyle Kepler ?

Naturellement, Arizona s'est bien gardée de me répondre. Me tournant le dos, elle a annoncé que la cérémonie était terminée, et que Hunter m'avait donné la permission de retrouver Phœnix.

— Tu vas devoir fournir de sérieuses explications, Darina ! s'est-elle esclaffée en renversant le rapport de force.

La grange était éclairée par des lampes à huile qui projetaient des ombres vacillantes sur les murs et le sol. La plupart des Revenants étaient présents, mis à part Hunter, ai-je remarqué. Silencieux, Phœnix était assis sur les marches du fenil en compagnie d'Ève et de son bébé, Kori. En me voyant, mon chéri s'est levé, a pris ma main et m'a entraînée à l'extérieur, dans la nuit sombre.

— Il faut qu'on parle.

Nous avons prononcé ces mots ensemble, puis avons souri d'un air embarrassé. Phœnix m'a conduite vers la maison afin d'y attraper une nouvelle lampe à huile avant de me guider le long du torrent.

— Que se passe-t-il ? ai-je demandé en reconnaissant à peine mes intonations feutrées et tremblantes. L'autre fois, quand je t'ai dit que je t'aimais, tu as gardé le silence. Pourquoi ?

Sous le vaste ciel, j'avais l'impression d'être toute petite. Les doigts de Phœnix étaient aussi glacés que l'eau du ruisseau.

— À toi de me l'expliquer, Darina, a-t-il répliqué sans croiser mes yeux.

« Exprime tes angoisses. Ouvre-toi. »

— J'ai besoin de savoir... Suis-je en train de te perdre ? As-tu cessé de m'aimer ?

S'il répondait par l'affirmative, mon monde s'écroulerait. N'empêche, mieux valait l'apprendre. Me lâchant, il s'est éloigné de quelques pas.

— Qu'est-ce qui te pousse à croire ça ?

— Tu me rejettes. Tu ne partages plus. Je ne t'ai jamais senti aussi froid.

Il a soupiré, je me suis dépêchée de continuer.

— Voici deux jours que j'y réfléchis. J'ai peut-être eu un geste malheureux ? Ou alors, c'est toi. Est-ce que ça concerne les *Beautiful Dead* ? Au début, quand tu es revenu, tu éprouvais les sentiments d'avant, tu m'aimais encore. Peu à peu, cependant, ces émotions humaines se sont estompées. Est-ce un phénomène contre lequel tu es impuissant ? Si oui, ça me sera insupportable, mais je te supplie de tout me dire, juste pour comprendre.

La lampe a brièvement illuminé son visage adorable et parfait, ses yeux dissimulés dans l'ombre, la veinule qui battait à son front.

— Tu penses donc que je ne t'aime pas ? a-t-il chuchoté comme si les mots avaient été prononcés dans une langue étrangère qui lui était inconnue.

À nos pieds, le torrent brillait, argenté sous les étoiles. Mon pouls s'est accéléré. Il s'agissait d'un malentendu. Tout allait s'arranger.

— C'est difficile, a-t-il enchaîné. L'autre fois, c'est toi que j'ai trouvée changée. Fermée.

— Tu n'as guère essayé de percer la carapace, me semble-t-il. Et moi, j'ai jugé que c'était *toi* qui refusais que je me rapproche.

— Lee venait d'arriver, il y a eu les ouvriers du pont...

— Tu ne m'as même pas regardée ! J'avais peur.

— Tu étais distante. J'ai lu dans tes pensées. J'ai bien vu que tu étais entièrement focalisée sur lui.

— Lee souffrait ! me suis-je ardemment défendue. Te souviens-tu de ton premier voyage hors des limbes ? Tu m'as raconté que la douleur était insoutenable.

— Il t'a tout de suite remarquée. Il t'apprécie vraiment. Ça, c'est dans sa tête que je l'ai vu.

— Et c'est à *moi* que tu le reproches ? Tu ne manques pas d'air !

— Arizona l'a constaté elle aussi.

— Parce que vous deux avez parlé de moi ? Elle en aura profité pour mal interpréter la situation et te convaincre de choses fausses !

Nom d'un chien ! Ça ne s'arrangeait pas du tout. Nous étions au contraire en train de nous éloigner en agitant les bras comme des personnes qui se noient. Laissant tomber la lampe, Phœnix a filé à l'assaut de la colline. Je l'ai contemplé. Qu'est-ce que c'était que ces délires ? Lee et moi, Arizona, apprécier et aimer...

— Tu racontes n'importe quoi ! ai-je crié. Et moi qui croyais que vous autres étiez des champions quand il s'agissait de décrypter les esprits ! Que vous ne pouviez pas vous tromper !

Il continuait de courir, escaladait la crête de plus en plus vite. Je lui ai emboîté le pas.

— Tu t'imagines que j'éprouve quoi que ce soit pour Lee ? ai-je braillé. Tu me trouves donc tellement superficielle ?

Il s'est arrêté net, a attendu que je sois à une dizaine de pas de lui.

— Qu'est-ce qui me prend ? a-t-il tout à coup haleté d'une voix suppliante. Qu'est-ce qui me prend ?

— Tu deviens fou.

Ma foi était ébranlée, ma confiance mise à rude épreuve.

— J'ai pensé que... Darina, j'ai craint de...

— De me perdre ? ai-je brusquement compris. Jamais, Phœnix !

Lentement, il a avancé vers moi.

— Chaque fois que tu t'en vas, ça m'est intolérable. J'ai l'impression de me déchirer en deux.

— Moi aussi.

Nous deux, si proches sous des millions d'étoiles.

— C'est trop dur. Parfois, je songe à repartir, à renoncer.

— Non, s'il te plaît ! me suis-je récriée en l'attrapant par les revers de son blouson.

— Je pense à toi, qui vis ta vie à Ellerton. Je désire tant être avec toi.

— Je t'en prie !

Ma voix s'est brisée.

— Je suis jaloux de tous ceux qui te fréquentent. Des mecs, surtout.

— Je te promets de les fuir.

— Je t'aime et je ne peux pas t'avoir, a-t-il murmuré en me serrant dans ses bras.

Me dégageant, j'ai posé sa main sur mon cœur.

— Tais-toi, l'ai-je supplié.

C'est à ce moment-là que j'ai remarqué les flammèches au bas de la crête, là où Phœnix avait lâché sa lampe. Elles léchaient l'herbe sèche et les ronces, doigts de feu qui s'étendaient rapidement. Soudain, Hunter a surgi de l'obscurité. Retirant sa veste, il s'en est servi pour étouffer les flammes, qui se sont éteintes dans des gerbes d'étincelles et un nuage de fumée. Ensuite, le suzerain s'est posté près du sol noirci et a croisé les bras sur son torse. La colère qui imprégnait ses traits était telle que j'ai reculé d'un pas pour me protéger.

— Avez-vous déjà vu un incendie de forêt ? nous a-t-il lancé. Savez-vous à quelle vitesse il se déplace ?

— Nous sommes désolés, ai-je bégayé. *Je* suis désolée. C'était ma faute.

— Ne l'écoute pas, s'est interposé mon bien-aimé. C'est moi qui ai oublié la lampe ici.

— Comme si les détails m'intéressaient ! a répliqué Hunter d'une voix dont le calme était menaçant, tout en venant à nous. (Je guettais l'instant où sa rage exploserait.) Il y a des choses plus importantes que ça. T'ai-je donné l'autorisation d'amener Darina ici, Phœnix ?

Ce dernier a secoué la tête.

— Tu m'as dit de discuter avec elle dans la maison. Mais nous avions besoin d'espace, c'est pourquoi j'ai opté pour le torrent.

— *Tu* as opté ? a répété Hunter. Et depuis quand est-ce toi qui décides ?

Je tremblais de tous mes membres, à présent. Si le chef des *Beautiful Dead* restait d'une maîtrise hallucinante, sa fureur rentrée brûlait comme les flammes tout à l'heure. Phœnix n'a pas répondu. Toute volonté a semblé le déserter.

— Bon sang ! a soupiré Hunter en s'approchant de lui. Je devrais en finir tout de suite avec toi. Qu'est-ce qui me retient de te rayer d'ici, de te réexpédier droit d'où tu viens ?

— S'il vous plaît, non ! ai-je crié en me ruant vers lui.

J'ai été projetée en arrière comme si je ne pesais pas plus qu'une plume et me suis écroulée dans les cendres encore tièdes. Quand Phœnix a voulu se précipiter pour m'aider, ses jambes se sont dérobées sous lui, et il est tombé à genoux.

— J'avais été très clair, lui a rappelé Hunter en provoquant une tempête de battements d'ailes, histoire d'enfoncer le clou. Je me cite mot pour mot : « Emmène Darina à la maison, parle-lui, vois quel est son problème. » Assez simple, non ? Même pour toi.

Se remettant debout, mon amoureux a relevé la tête, menton tendu en avant, tel un condamné bien décidé à regarder la mort en face.

— Il se trouve qu'il ne s'agit pas de son problème mais du mien, a-t-il annoncé. J'étais dans l'erreur.

— Je te le répète, épargne-moi les détails, a lancé Hunter, qui paraissait plus impitoyable que jamais. Tu as dérogé à mes ordres, tu as perdu le contrôle de la situation, tu as provoqué un incendie qui aurait pu attirer tous les pompiers du comté dans le coin. Alors, explique-moi un peu ce qui devrait me pousser à te garder ici ?

— Ne le renvoyez pas, ai-je supplié. Sinon, je ne vous aiderai plus !

Pour seule réaction, Hunter s'est tourné vers moi et m'a fixée, vaguement perplexe.

— Tu as vraiment une très haute opinion de toi, Darina.

— Vous avez besoin de moi, ai-je insisté. C'est moi, votre lien avec l'autre versant. Je suis la seule en qui vous puissiez avoir confiance.

— Va donc raconter ça à Arizona, a-t-il grommelé. Je suis sûr qu'elle est impatiente que tu lui donnes un coup de main.

— C'est injuste. Elle me cache des choses. À croire qu'elle n'a pas envie que je réussisse.

Au moins, j'avais réussi à détourner l'attention du suzerain qui, désormais, était tout ouïe. Fronçant les sourcils, il a ordonné à Phœnix de nous précéder vers la ferme.

— L'avenir d'Arizona est en jeu, m'a-t-il dit ensuite. Son *éternité* l'est. Que dissimule-t-elle et pour quelle raison ?

Si, tout en marchant, j'ai pu lui révéler ce que j'avais découvert – l'existence de Raven Taylor et de Kyle Keppler –, j'ai été à court sur les raisons d'Arizona.

— Je ne la comprends pas, ai-je fini par avouer.

Hunter s'est brusquement arrêté près du vieux camion garé pour toujours à côté de la maison délabrée.

— Tu es trop simpliste, a-t-il soupiré, et Arizona trop complexe. C'est l'une des composantes de la situation que nous avons à régler.

— Alors, pourquoi tous ces secrets ?

Arizona et moi étions installées dans la cabine de la fourgonnette rouillée, à contempler les étoiles. Hunter nous y avait laissées avec pour instruction – sur un ton sans réplique – d'avoir une franche explication. À l'heure qu'il était, j'étais presque certaine qu'il était en train de punir mon chéri pour l'incendie. Et s'il le renvoyait dans les limbes et que je ne le revoie plus jamais ? Hunter avait le pouvoir d'agir ainsi. « Concentre-toi, me suis-je rappelée. Écoute ce qu'Arizona a à dire pour sa défense. »

— J'ignore ce à quoi tu fais allusion.

Comme toujours, elle me renvoyait à mes propres questions, afin de garder le contrôle.

— Eh bien, commençons par Raven. Parle-moi de lui.

— Que veux-tu que je te raconte ? Il a neuf ans, il aime dessiner, un point c'est tout.

— Et de quoi a-t-il tellement peur ?

Autant y aller franco, sinon Arizona risquait de me balader encore longtemps. Ses doigts ont tambouriné sur le tableau de bord privé de ses instruments.

— Il croit que le monde est dangereux pour les gens comme lui.

— C'est qui les gens comme lui ?

— Ceux qui ne naissent pas comme tout le monde, ceux dont le cerveau est anormal, pour peu qu'un cerveau normal existe, ce dont je doute.

— Arrête ça. Je me fiche de ta philosophie et de ta rhétorique. Il s'agit de ton frère. Je l'ai vu dans votre jardin. Que redoute-t-il ?

— Tout, a-t-elle murmuré en se tournant vers moi.

J'ai attendu.

— Regarde-moi, a-t-elle repris.

J'ai obtempéré. Elle a plissé les yeux et froncé les sourcils.

— Quelle est mon humeur, là maintenant ? m'a-t-elle ensuite demandé.

— Ça suffit ! Réponds à ma question !

— C'est ce que je fais, a-t-elle riposté en arborant un grand sourire. Et là, je te semble heureuse ou triste ?

— C'est fini, ces clowneries, oui ?

— Le truc, c'est que toi, tu es capable de lire mes expressions. Mon frère, non. Il ignore ce qu'un sourire signifie, il ne sait pas si on va le disputer ou être gentil avec lui. Son cerveau n'arrive pas à le déterminer. Du coup, il assure ses arrières en soupçonnant les autres tout le temps.

— C'est dingue ! ai-je soufflé.

La façon dont Arizona m'a toisée m'a amenée à regretter mon malheureux adjectif.

— C'est quoi ? Une maladie ?

— Juste si tu ne piges pas, a-t-elle commenté en s'adoucissant. Je n'ai jamais considéré mon frère comme malade. Il est comme il est, rien de plus. En colère contre le monde entier, et qui le lui reprocherait ?

— Mais tes parents... ils ont tenté de le soigner ?

— Oui. Dès sa petite enfance, ils l'ont traîné chez tous les spécialistes du cerveau, dans pratiquement tous les États du pays. Il a eu droit à toutes les formes de thérapie possibles, freudienne, comportementale, systémique, etc. Toutes, je te dis.

— Et ?

— Les toubibs lui collent une nouvelle étiquette sur le dos et le renvoient chez nous. Ou bien, ils le fourrent à l'hôpital. Plus récemment, ils l'ont placé dans une institution pour autistes. Or, Raven ne demande qu'une chose : qu'on le laisse dessiner en paix.

— Wouah !

Le tableau qu'elle avait peint semblait douloureux. Que pouvait signifier le mot « maison » quand on souffrait de ce genre de maladie ?

— Et tes parents, ai-je repris, que veulent-ils ?

Les doigts d'Arizona ont tapé plus lentement sur le tableau de bord.

— Que rien de tout cela ne soit jamais arrivé, a-t-elle répondu. Voilà pourquoi ils l'envoient dans cette école.

— Raven est-il... seul ?

Je me suis souvenue du bel enfant aux cheveux et aux yeux sombres, caché dans la gloriette, terrifié. Arizona a poussé un très long soupir.

— Bien sûr qu'il est seul, a-t-elle reconnu. Maintenant que je ne suis plus là, il n'a plus personne au monde pour l'encourager.

— Bref, tu es au courant, maintenant.

Arizona s'était renfermée dans ses défenses. Nous avions quitté le camion et franchissions le porche de la ferme, sous le ciel nocturne. Toujours aucune trace de Hunter et de Phœnix.

— C'est pourquoi je suis revenue des limbes, a-t-elle enchaîné. Il faut que Raven sache que jamais, jamais, je n'aurais fait ce qui se raconte à propos du lac Hartmann.

— Que tu ne l'aurais pas abandonné délibérément, donc.

— Oui. Surtout pas en ce moment.

J'ai attendu qu'elle précise. Comme elle n'ajoutait rien, j'ai insisté :

— Pourquoi en ce moment ?

— Parce que mon père a entamé une procédure de divorce.

Brusquement, j'ai tout pigé.

— La question se pose de savoir qui aura la garde de Raven quand tes parents se sépareront ? C'est ça, hein ?

— Oui, a-t-elle admis avec un soupir encore plus gros. Qui se souciera seulement de lui ? a-t-elle ajouté en disparaissant dans la maison et en refermant la porte derrière elle.

Hunter m'a rejointe sur la véranda.

— Je n'avais pas la moindre idée des problèmes d'Arizona, ai-je avoué.

— Parce qu'elle n'a pas le profil d'une victime ? a-t-il répliqué avec un mince sourire qui n'atteignait pas ses yeux. Pourtant, avec son histoire familiale, j'imagine qu'elle en est une.

— Ses parents semblaient si bien accordés. Son père enseigne la musique à la fac, sa mère travaille à la télé.

— Les as-tu rencontrés ?

— Hier seulement. Et je n'ai croisé Allyson Taylor que quelques secondes, elle partait bosser. Frank est beaucoup plus vieux que je le pensais. À la réflexion, ils ne forment pas un couple très crédible.

— Ton rôle est donc d'aider son frère à surmonter l'épreuve. Tu dois démêler la situation et trouver une façon de communiquer avec le môme.

— Cela permettra-t-il à Arizona d'être en paix ?

— Peut-être. En tout cas, la tâche aura été accomplie. Raven saura qu'elle l'aimait et qu'elle ne souhaitait pas le quitter.

D'accord. N'empêche, ça ne serait pas d'un grand réconfort, à mon avis. Le gamin resterait anormal. Et complètement seul.

— Ne te pose pas de questions, Darina, m'a rappelé Hunter en lisant dans mes pensées. Contente-toi d'agir. Occupe-toi du môme, découvre comment est morte Arizona et ne reviens pas ici avant d'avoir éclairci l'affaire.

4

« Nous avons appris que les parents des élèves du lycée d'Ellerton, dans le comté de Bishop, avaient lancé une pétition afin de renforcer les mesures de sécurité au sein de l'établissement. Cette initiative intervient après le décès tragique de quatre élèves de terminale. »

Il était un peu tard pour ça, ai-je songé, assise dans ma chambre à regarder Alysson Taylor présenter le journal télévisé du soir. Notre proviseur, Valenti, plus gardien de Guantanamo que jamais, est apparu à l'écran pour annoncer qu'il comptait améliorer le système de vidéosurveillance dans l'enceinte du bahut et organiser la fouille de ceux qui étaient susceptibles d'introduire couteaux et armes à feu. *Achtung*[1] !

---

1. En allemand dans le texte.

Tout ça, bien qu'aucune des victimes n'ait été tuée à l'intérieur de l'école. Ce qui paraissait ne pas avoir d'importance, dans la mesure où, pour la plupart, les parents semblaient avoir glissé dans une sorte d'hystérie collective et craignaient que leur gosse ne soit le prochain sur la liste.

— As-tu oui ou non l'intention de dîner, ce soir, Darina ? m'a hélée Laura depuis le rez-de-chaussée.

— Non !

— Descends ! J'ai préparé des pâtes.

— Tu ne me laisses pas le choix ?

— J'exige que tu manges !

J'ai obéi, encore admirative du professionnalisme avec lequel la mère d'Arizona avait évoqué un drame qui la touchait personnellement, mais bien contente d'avoir Laura pour maternelle. Aussi sophistiquée, lisse et chic soit-elle, aussi talentueuse et riche soit-elle, Alysson Taylor était en instance de divorce et n'était jamais à la maison à l'heure des repas pour obliger ses rejetons à se nourrir.

— Qu'est-ce qui te fait sourire ? m'a demandé Laura en me tendant mon assiette.

— Pardon, j'ignorais que c'était interdit, dans cette baraque

Posté dans son coin, ses pâtes sur un genou, son ordi portable sur l'autre, Jim a grogné, façon de me dire d'être un peu plus respectueuse, sinon gare. Je l'ai regardé, laissant clairement entendre qu'il pourrait donner l'exemple en se déconnectant et en nous rejoignant à table. Dieu merci, ni lui ni moi n'avons jugé nécessaire de nous exprimer à voix haute et de déclencher une énième bagarre.

— Tu savais qu'Arizona Taylor avait un frère autiste ? ai-je demandé à Laura sur mon ton le plus nonchalant.

Ce jour-là, pendant les cours, j'avais longuement concocté un plan d'action et j'étais arrivée à ce qui suit :

- me renseigner sur l'autisme via Internet ;
- me débrouiller pour que Logan m'accompagne au garage derrière le centre commercial ;
- fureter à droite et à gauche et en apprendre un peu plus sur la réputation des Taylor.

J'avais conduit mes recherches sur l'autisme avant d'allumer la télé et d'y voir Alysson Taylor ; j'avais l'intention de rendre visite à Logan sitôt le dîner fini. Entre-temps,

Laura avait peut-être quelques ragots à me raconter sur la famille.

— Non, a-t-elle cependant répondu, fourchette en l'air. Je croyais Arizona enfant unique.

— Il a dans les neuf ans, l'ai-je aiguillée.

— Quand les Taylor se sont-ils installés à Ellerton ? a-t-elle réfléchi à voix haute. Ça devait être il y a huit ou neuf ans. Je ne me rappelle pas qu'ils aient eu un bébé à l'époque, pourtant.

Eh bé, Raven était un secret drôlement bien gardé !

— Tu savais qu'Arizona était la fille d'un premier mariage de Frank ? a enchaîné Laura en recommençant à manger. Alysson n'était pas sa mère.

Super ! Laura était d'humeur à colporter des rumeurs ! J'ai secoué la tête.

— Non.

— Sa femme était beaucoup plus jeune que lui. Il ne s'est uni à Alysson qu'après avoir emménagé dans leur grande demeure de Westra. Les Madison les fréquentaient beaucoup, à ce moment-là. C'est Jon qui a dessiné leur maison, et le couple a été invité à la noce.

Enfin, j'entrevoyais une lézarde dans le mur de briques qui m'empêchait jusqu'à présent de résoudre l'affaire Arizona.

— Ils sont toujours amis ?

Si c'était le cas, je n'aurais qu'à rendre visite aux parents de Summer afin d'en apprendre un peu plus.

— Non, a malheureusement répondu Laura. On raconte que les Taylor ne leur ont pas payé tout ce qu'ils leur devaient. Et puis, Jon et Heather n'avaient pas grand-chose en commun avec eux, surtout avec Allyson. Il est vrai qu'elle bosse dans les médias, un domaine impitoyable.

— Bref, pas de petit frère connu pour Arizona, ai-je marmonné.

Flûte ! Le mur de briques était plus solide que jamais.

— Allyson a interrompu sa carrière durant la construction de la maison, a précisé Laura. Pendant un temps, elle a travaillé pour une autre chaîne et a disparu des écrans. Ma copine Kristina jure que c'était pour une opération de chirurgie esthétique. Quand Allyson est revenue à la télé, je me suis dit que Kristina avait raison.

— Pourquoi ? Quel âge a Alysson Taylor ?

— Quarante-sept ans. Elle s'est forcément fait tirer la peau.

— Pas maintenant, Darina, je suis occupé.

Logan m'a carrément envoyée promener. J'étais allée chez lui à pied pour lui demander de me conduire au centre commercial en pensant qu'il saurait mieux que moi se débrouiller dans un garage ou qu'il n'y paraîtrait pas aussi déplacé que moi. Qu'il pourrait discuter avec le type de l'atelier, lui commander des pièces détachées, un truc comme ça, pendant que je fouinerais dans le dernier endroit où s'était rendue Arizona.

Sauf qu'il a refusé. Second choc de la soirée, le premier s'étant produit quand Jim, après m'avoir expliqué comment charger correctement un lave-vaisselle et s'être servi une bière dans le réfrigérateur, avait lâché une info, juste au moment où je quittais la maison.

— Alysson et Frank Taylor ont bien eu un bébé. Du temps où je jouais les chauffeurs de taxi pour arrondir les fins de mois, je me souviens être allé chercher Alysson et le môme à la maternité et les avoir emmenés dans la nouvelle baraque de Westra.

Merci pour cette pépite, Jim !

— Comment se fait-il que Laura ne soit pas au courant ?

Il avait haussé les épaules en ouvrant sa cannette.

— J'ai entendu dire que le bébé n'était pas en bonne santé. Les Taylor n'avaient sans doute pas envie d'étaler ça sur la place publique.

— Occupé à quoi ? ai-je lancé à Logan, depuis sa véranda.

Je ne voyais aucun livre sur la table de la cuisine, et il n'avait pas la tête plongée sous le capot de sa voiture.

— J'ai rendez-vous, a-t-il répondu en attrapant les clefs de sa Honda et en passant devant moi.

— Ah bon ? Avec qui ?

Logan Lavelle ne m'avait jamais fait faux bond. Il était obnubilé par moi, me harcelait presque.

— Rien qu'un type, a-t-il lâché en mettant le contact avant de filer.

Bref, j'ai dû attendre mercredi après-midi qu'il soit libre.

— Bien sûr que je connais ce garage, m'a-t-il dit sur la route de la ville. Mike's Motors. Mon père est un pote de beuverie du patron, Mike Hamill.

Il ne m'a pas interrogée sur les raisons qui me poussaient à me rendre là-bas, une nouveauté de plus dans son comportement.

— Tu ne veux pas savoir pourquoi nous y allons ?

Il a mis son clignotant avant de tourner à gauche, le long du centre commercial.

— Obtiendrai-je une réponse franche ?

Je l'ai observé de plus près. S'il a senti le poids de mon regard, il n'a pas réagi. De profil, il paraissait plus grave, plus mur, presque craquant. Il est vrai qu'il a de beaux traits et d'épais cheveux noirs, la proie idéale d'une fille quelque part dans le monde.

— Je voudrais voir l'atelier. C'est le dernier endroit où est passée Arizona avant de mourir.

Nous nous sommes disputés dans l'habitacle.

— Qu'est-ce que c'est que ce délire ? a-t-il braillé, perdant d'un seul coup sa maturité tranquille pour plonger tête la première dans son rôle de monsieur-je-sais-tout. Tu te crois en mission ? D'abord, cette obsession pour Jonas, puis tu me dis que tu ne te remettras jamais de la disparition de Phœnix, et maintenant Arizona ! Ils sont morts, Darina ! Morts et enterrés !

— J'ai conscience que ça semble bizarre, Logan...

— C'est plus que bizarre, c'est mal. Malsain.

— Tu n'as qu'à me déposer ici, ai-je répondu avec calme.

Ouvrant la portière, j'ai continué à pied en direction de Mike's Motors. L'atelier était coincé entre un entrepôt de containers et une usine fabriquant des stores. L'enseigne avait besoin d'un bon coup de peinture, et l'imposte vitrée de la porte était remplacée par du contreplaqué.

— Oh hé ! ai-je lancé.

Personne. Juste un tas d'entrailles mécaniques graisseuses par terre et un poste de radio qui diffusait de la musique country. Deux carcasses de voitures carbonisées étaient empilées l'une sur l'autre dans le coin le plus éloigné de l'entrée. À l'autre bout, j'ai repéré le 4 × 4 gris argent d'Arizona. J'ai dû regarder à deux, trois reprises. Le véhicule était couvert de poussière et à moitié caché par tout un barda, mais la plaque d'immatriculation et l'intérieur en cuir noir m'étaient familiers.

— Tu cherches quelque chose ? a demandé une voix grave.

Pivotant sur mes talons, je me suis retrouvée face à Kyle Keppler, le copain de Brandon. Une fois encore, j'ai songé à quel point il n'était pas le genre d'Arizona. Jambes écartées, mâchoire carrée, sale dans son bleu de mécano, soupçonneux. « Il doit quand même se brosser les ongles », me suis-je dit.

— Non, ai-je menti. J'ai juste rendez-vous ici avec un ami.

Inclinant la tête, Kyle ne s'est pas gêné pour reluquer mon jean étroit et mon tee-shirt moulant. Il m'a sûrement attribué neuf sur dix sur l'échelle des filles potables. Pas la note maximale, vu mon absence de poitrine.

— Comment s'appelle-t-il ?

— Logan Lavelle.

Le premier nom qui m'avait traversé l'esprit. Pourquoi diable la bagnole d'Arizona était-elle encore ici ?

— On s'est déjà vus, ai-je signalé à Kyle. Avec Brandon Rohr.

Il a acquiescé d'un geste sec du menton.

— Il n'y a pas de Logan Lavelle ici.

— Il n'a pas amené sa Honda à réviser ?

— Regarde donc autour de toi.

— OK, j'ai dû me tromper. Navrée.

J'ai décidé d'y aller franco.

— Que fait la voiture d'Arizona ici ? Ses parents n'ont pas voulu la récupérer ?

— Logan n'est pas ici, compris ? a maugréé Kyle en fronçant les sourcils.

— J'ai pigé. J'ai seulement aperçu le 4 × 4, ça m'a surprise. Désolée.

Soit j'avais du charme, soit c'était mon jean serré, mais il s'est détendu.

— Pas de souci. En fait, Frank Taylor n'a été que trop heureux de le vendre à mon patron après que... après la mort d'Arizona. La caisse avait besoin de quelques réparations.

— C'est pourquoi elle l'avait laissée ici, j'imagine. Ah, mais c'est clair ! Elle et toi sortiez ensemble, tu bosses dans ce garage, c'est logique qu'elle te la confie.

Elle m'avait pourtant assuré ne pas connaître le nom de l'atelier. Un bon gros mensonge, apparemment. Une fois encore, Kyle a changé d'humeur, et c'est d'un pas menaçant qu'il a avancé vers moi.

— On ne t'a jamais dit que ta grande gueule risquait de t'attirer des ennuis ?

J'ai reculé en direction de la sortie.

— Je me borne à répéter ce que m'a raconté Brandon. Toi et Arizona...

— Brandon bavarde à tort et à travers, a grommelé l'autre. Ce sont des conneries.

À la radio, la chanteuse Tammy Wynette se répandait en lamentations sur son homme, qu'elle allait quitter ou, au contraire, auquel elle voulait se cramponner, je ne me souviens plus. J'étais paumée et j'avais l'impression d'avoir mis les pieds dans un monde parallèle et crasseux.

— Toi et Arizona ne...

Kyle m'a gratifiée d'un dernier et long regard.

— À ton avis ? a-t-il rétorqué en me claquant la porte de l'atelier au nez.

— Je ne te soupçonnais pas d'être une lâcheuse, Darina.

Ma prof de musique, Katie Jones, m'a toisée avec dureté. Je me tenais au milieu des élèves de l'orchestre – les complices de toujours : Jordan, Hannah, Lucas et Logan. Au début du printemps, nous avions été une douzaine à nous réunir pour organiser – c'était prévu pour Noël – un concert en mémoire de Summer Madison, la chanteuse prometteuse du lycée d'Ellerton. Ses chansons magnifiquement interprétées nous manquaient, et ce serait notre manière à nous de montrer tout le respect qu'elle nous avait inspiré.

— Je n'ai pas le temps de répéter, ai-je plaidé.

Ni le désir, ni les capacités de concentration.

— Elle a d'autres préoccupations en tête, a chuchoté Logan à Hannah. Elle se croit en mission secrète.

— Pour faire quoi ?

Hannah ne crachait jamais sur un sujet susceptible de provoquer des ragots.

— Elle enquête sur la mort d'Arizona. Un vrai James Bond. Gaffe !

Je me suis efforcée d'occulter leur échange pour tenter de calmer la prof déçue.

— Par qui allons-nous te remplacer ? m'a-t-elle reproché. Décrocher sans crier gare en ce moment n'est pas très fair-play de ta part.

— Vous arriverez bien à trouver quelqu'un qui joue mieux de la guitare que moi, ai-je soupiré.

— Pour sûr, a murmuré Jordan à Lucas.

Et ces gens-là se prétendaient mes amis ! Bon, d'accord, je les trahissais, et leur réaction négative ne manquait pas de fondement. Mlle Jones m'a lentement reconduite à la porte de la salle de musique.

— Je croyais que tu étais une battante, a-t-elle marmonné. Tout va bien ?

— Aussi bien pour moi que pour tous ceux qui sont dans cette pièce, ai-je répondu en jetant un coup d'œil par-dessus mon épaule.

Logan était en pleine conversation avec ma copine épisodique, Hannah Stoltmann.

Avais-je tort de quitter l'orchestre ? me suis-je demandé en rentrant chez moi, d'humeur sombre. Nous étions déjà vendredi et, depuis que j'avais fait chou blanc lors de ma visite à Mike's Motors, j'étais plongée dans les affres de la dépression. « Cette affaire me dépasse ! » n'arrêtais-je pas de me psalmodier sur un air de marche funèbre. « Qu'est-ce que j'ai comme solution ? »

Le vendredi soir, Laura et Jim allaient au cinéma, si bien que j'avais la maison pour moi. Sautant le dîner, je me suis de nouveau baladée sur les sites traitant de l'autisme. Syndrome de Rett, autisme infantile précoce, syndrome de l'X fragile, épilepsie. J'ai appris que les enfants atteints de la maladie avaient du mal à se nourrir et ne souriaient jamais ; qu'ils pouvaient se balancer d'avant en arrière et examiner leurs mains toute la journée ; que ça touchait entre trois et six bébés sur cent, ou 8,7 sur mille, selon le site qu'on consultait. L'autisme était peut-être dû à une rubéole attrapée durant les trois premiers mois de la grossesse ou à un niveau anormal de sérotonine dans le cerveau – personne n'en aurait juré. De toute façon, ces détails techniques étant hors de ma modeste portée, je me suis donc bornée à les parcourir en diagonale.

M'intéressaient les enfants autistes doués de talents particuliers, dix pour cent des malades environ. Ils avaient par exemple une étonnante facilité pour apprendre par cœur ou des aptitudes musicales hors du commun ; il y avait ce cas réputé en Angleterre, où le gamin, après avoir jeté un simple coup d'œil à un bâtiment, le Parlement ou la Maison-Blanche, était capable de le reproduire sur papier, de mémoire. Les œuvres du petit génie avaient fini par devenir célèbres. Je me suis dit que ça aurait pu être Raven.

Mais, pour l'essentiel, cette affection était une véritable malédiction. Ni sourires ni paroles. Les autistes fuyaient le regard d'autrui, et ceux qui étaient éventuellement atteints de graves problèmes mentaux se voyaient soumis à une médicamentation lourde à vie.

Comment réagir quand le destin vous a distribué pareille main ? Cessant de jouer avec la souris, j'ai imaginé la façon dont les Taylor avaient fait front lorsque Alysson avait ramené Raven dans le taxi de Jim. Arizona avait évoqué des diagnostics et des traitements, des hôpitaux et des écoles spécialisées. Elle avait également précisé que ses parents refusaient d'admettre la réalité. Jim avait mentionné la rumeur selon laquelle le bébé n'était pas en bonne santé. C'était vrai, et les parents s'étaient enfermés dans le déni, genre : « Gardons la maladie secrète, et le problème disparaîtra peut-être de lui-même. »

Ma logique était-elle la bonne ? Il faudrait que j'interroge Arizona à ce sujet lors de notre prochaine rencontre.

Cette perspective m'a éloignée de mon ordi portable, et je me suis postée à la fenêtre de ma chambre afin d'observer le ciel dégagé. Quand aurait-elle lieu, cette prochaine rencontre ? Pas avant que j'aie découvert quelque chose de précis venant réfuter la thèse du suicide d'Arizona. Hunter avait été très clair sur ce point. Fermant les yeux, je me suis représenté le puissant suzerain, ses traits sévères, le tatouage fané dessinant des ailes d'ange sur sa tempe, et je me suis souvenue de ce que Phœnix m'avait raconté : Hunter avait été abattu à bout portant par l'homme qui avait tenté de violer sa femme, Marie. « Je dépéris, ici ! ai-je lancé à l'intention des astres. Il faut que je monte à Foxton, que je retrouve Phœnix, que je vérifie qu'il est toujours là. » Hunter avait menacé mon amoureux de le renvoyer définitivement dans les limbes. Bras croisés sur la poitrine, debout près des traces de l'incendie, la colère affleurant à la surface de ses traits : le seul souvenir de la scène m'effrayait, cette façon dont sa fureur pouvait s'embraser et éliminer quiconque se dressait sur son chemin. Hunter était le suzerain, il détenait le pouvoir absolu d'hypnotiser, de lire les pensées des autres et, en dernier recours, d'en appeler aux âmes perdues pour qu'elles battent des ailes et l'accompagnent lors de voyages dans le temps, jusqu'au bout du monde, voire au-delà.

Le souvenir de mon propre saut dans le passé en vue de confondre Matt Fortune comme assassin de Jonas a déclenché mes frissons. J'avais éprouvé une douleur incomparable et j'étais revenue de l'expérience traumatisée et épuisée. Voilà pourquoi, d'ailleurs, Hunter n'y recourait que lorsque les autres méthodes avaient échoué.

Suzerain. Chef de toute chose. Hunter l'omnipotent.

La fenêtre ouverte a laissé entrer une bouffée de fraîcheur. Les rideaux blancs se sont agités. Quand je me suis retournée, Phœnix était dans la pièce.

— Dieu soit loué ! me suis-je exclamée en me jetant dans ses bras, avant d'aggriper les manches de son blouson et de poser ma tête sur son épaule. J'ignorais si... J'avais peur que...

— Moi aussi.

Il a resserré son étreinte, a pressé ses lèvres sur le sommet de ma tête.

— Tellement peur, ai-je répété dans un souffle. Je n'ai pas osé retourner à Foxton. Hunter est-il toujours furieux après nous ?

— Il est d'une humeur de chien. Il nous a expédiés, Lee et moi, surveiller Government Bridge.

— Sympa ! Ce sale type a le don de mettre les gens dans le pétrin.

Connaissant les sentiments que mon petit ami nourrissait à l'encontre de Lee, il savait très bien comment ça marchait entre ces deux-là.

— Nous avons monté la garde vingt-sept heures d'affilée, a murmuré Phœnix en reculant pour contempler mon visage. Je ne suis pas fier de moi, Darina. Lee a beau être nouveau, il est capable de déchiffrer mes pensées. Il a vu à quel point je m'étais comporté comme un idiot.

— T'a-t-il flanqué la raclée que tu méritais ? ai-je vaguement plaisanté.

— Non, il a été super. Il m'a dit que, si tu avais été sa copine, il aurait réagi comme moi.

— Inutile donc que je m'inquiète à l'idée que deux *Beautiful Dead* se battent pour moi ?

— Lee est super, a répété Phœnix qui, glissant un bras autour de ma taille, m'a entraînée sur le lit. As-tu la moindre idée de combien chute la température la nuit ?

— Arrête ! Tu vas m'arracher des larmes.

— Sans cœur !

Cessant de parler, nous nous sommes embrassés avec la ferveur née de tous les baisers que nous avions manqués ces derniers temps. J'ai profité pleinement de cet instant, goûtant la pression de ses lèvres sur les miennes, sur mes joues, puis, plus douce, sur mes paupières, plongée dans cet état de flottement second que... soudain, Phœnix s'est écarté.

— Devine un peu !

— Quoi ?

— Les ouvriers de Government Bridge sont partis ! Apparemment, le dernier rapport du contremaître stipulait que le renforcement du pont n'était pas urgent.

— Toutes ces nuits à veiller dans le froid ! me suis-je esclaffée.

Cette fois, nos baisers ont été superficiels, interrompus par des sourires.

— Je te parie que Hunter était au courant. Après tout, c'est lui qui s'est chargé d'influencer l'état mental du chef de chantier.

À propos d'état mental, j'ai cessé de tendre les lèvres afin de me concentrer et de lui raconter mes découvertes sur la maladie de Raven Taylor et ma visite à Mike's Motors, où j'avais aperçu le 4 × 4 d'Arizona et dont j'avais été chassée par Kyle Keppler.

— C'est tellement bizarre ! ai-je conclu en secouant la tête. Arizona m'a assuré ne pas connaître ce garage, sauf que c'est là que bosse son mec.

Dépliant ses jambes de tout leur long, Phœnix s'est vautré sur le lit.

— Et tu veux savoir autre chose ?

— Je n'en suis pas sûre, ai-je répondu en me blottissant contre lui, mon bras sur son torse. À dire vrai, ça ne me gênerait pas trop qu'on se taise, là, tout de suite.

Il a pris mon menton dans sa paume, m'a obligée à l'écouter.

— Ça s'est produit un peu plus tôt dans la soirée. Hunter nous a libérés de notre veille, Lee et moi, et nous a autorisés à regagner la grange. Ce qui m'allait très bien. La première personne que j'ai croisée, c'était Arizona. Elle se tenait dans le pré, sous la lune et les étoiles, le regard dans le vide, fermée au monde extérieur, comme si elle n'était pas vraiment là. Elle m'a entendu arriver, mais ne s'est pas retournée.

— Tu crois qu'elle était en colère ?

Parce que je n'avais pas avancé d'un pouce, par exemple.

— Non. Triste, plutôt.

— Triste ? ai-je répété, étonnée, car l'émotion ne collait pas avec le personnage. Elle pleurait, et tout ?

Il a ri.

— Nous ne pleurons pas.

— Oh !

Le cœur des *Beautiful Dead* ne battait pas non plus. Ils n'avaient pas de sang dans les veines, ils étaient froids et pâles, et voilà que j'apprenais qu'ils n'avaient pas de larmes.

— T'es-tu branché sur son esprit pour savoir à quoi elle réfléchissait ?

S'appuyant contre mes oreillers, il a haussé les épaules.

— Les pouvoirs d'Arizona sont grands. Jusqu'à ce soir et la scène dans le pré, j'ignorais à quel point elle était en avance sur moi. J'ai essayé de déchiffrer ses pensées, mais un champ magnétique m'en a empêché.

— Elle a réussi à bloquer tes dons de télépathe ?

Il m'a semblé que ça allait à l'encontre des règles. Qu'en aurait dit Hunter s'il l'avait su ?

— Du coup, j'ai tendu la main pour l'effleurer, lui faire comprendre que tout allait bien, qu'elle ne risquait rien. Sauf qu'elle m'a repoussé et m'a lancé que si, elle courait un danger, et que je n'avais qu'à interroger Hunter à ce sujet.

— Et tu l'as fait ?

J'étais intriguée. J'ai imaginé Arizona, réfrigérée et solitaire, refusant la compassion de Phœnix.

— Oui, et c'est là que ça devient carrément étrange. Hunter était à la ferme, là-haut dans la chambre, assis la tête entre les mains, et il n'a pas du tout réagi à mon arrivée. J'ai attendu. Quand il m'a regardé, il m'a lancé : « As-tu déjà été trahi, Phœnix ? » J'ai répondu que non, du moins pas à ma connaissance.

Il s'est tu. J'ai patienté.

— Si c'était réaliste, je dirais qu'il avait pris un coup de vieux, a-t-il poursuivi. Il était voûté, comme accablé par un fardeau, il paraissait perdu.

— On est bien en train de parler de Hunter, là ?

— J'ai découvert qu'il s'était accroché avec Arizona.

— Wouah ! Cette fille est soit très courageuse, soit complètement folle.

— Il m'a raconté. Elle l'a accusé de ne pas bosser assez dur pour lui permettre de régler ses problèmes. Elle a ajouté que tu ne réussirais pas à briser le mur de silence si l'on ne t'aidait pas davantage.

— Quoi ? Elle a osé défier le suzerain ?

Inconcevable ! Je m'étonnais qu'Arizona n'ait pas encore été renvoyée dans les limbes.

— Pire, elle est allée jusqu'à lui demander comment il pouvait être aussi sûr d'avoir raison. N'avait-il pas songé que les choses n'étaient pas forcément telles qu'il les envisageait ?

— Et il t'a confié tout ça ?

— Oui. Arizona devait avoir pété les plombs, parce que, après, elle lui a demandé s'il était certain de la façon dont il était mort, en défendant sa femme, donc. Peut-être que Marie n'avait pas lutté contre son agresseur, qu'elle l'avait au contraire trompé avec ce type...

— Peter Mentone.

Pour résumer, au début du XXe siècle, Mentone, le plus proche voisin du couple, avait profité de l'absence de Hunter pour passer chez eux. Hunter était revenu plus tôt que prévu et les avait trouvés ensemble.

— Mais c'est horrible de dire ça ! me suis-je exclamée en me redressant.

— Pourtant, Arizona ne s'est pas gênée. Hunter a l'air d'être en acier, mais tu l'aurais vu quand je suis entré dans la chambre ! C'était un homme brisé. Sans doute la raison pour laquelle il a parlé de trahison. Ensuite, il s'est mis debout et s'est efforcé de reprendre le dessus. Il m'a annoncé qu'il avait une mission pour moi.

— Alors que tu étais censé te reposer ?

— Il avait changé d'avis. Il veut que je te ramène à Foxton.

Mon cœur a bondi dans ma poitrine. Je me suis préparée à partir. Cependant, Phœnix n'avait pas fini.

— Il ne m'a pas dit : « Va chercher Darina », mais « Va chercher Marie. »

J'ai hoqueté. Pourquoi ce lapsus déclenchait-il un frisson le long de mon épine dorsale ?

— Summer soutient que tu ressembles à sa femme, tu te souviens ? Elle a vu une vieille photo.

— Tais-toi. Ne m'embrouille pas. De toute façon, tu as corrigé son erreur et tu es là. A-t-il précisé pourquoi il avait besoin de moi là-haut ?

— À cause d'Arizona. Elle cache d'autres détails. Hunter a deviné qu'elle nous avait beaucoup menti par omission.

Cette révélation ne m'a pas autant surprise qu'il devait s'y attendre. Ainsi, Hunter et les Revenants savaient à présent ce que j'avais soupçonné depuis le début : Arizona dissimulait des vérités fondamentales, pour des raisons connues d'elle seule. En d'autres termes, elle était l'une d'eux mais n'était pas toujours digne de confiance.

— Voilà, tu es au courant, maintenant, a conclu Phœnix.

— Et je vais être épaulée dans mon combat. Hunter la forcera à dire la vérité, non ?

— Aucune idée. Tout cela est nouveau. Bon, comme nous n'avons pas le temps d'attendre que tu montes à Foxton en voiture, nous allons nous y rendre à la manière des *Beautiful Dead*.

— Je suis prête.

Cela aussi était nouveau. Un voyage dans l'espace selon leurs méthodes – j'avais hâte.

— Ça ne fera pas mal, m'a promis mon chéri, sur le point de nous dématérialiser. Mais accroche-toi à moi, d'accord ?

J'ai acquiescé, excitée par les battements d'ailes qui avaient commencé à résonner et qui nous enveloppaient comme des tentures soyeuses, leur frénésie provoquant un courant d'air qui a poussé mes rideaux hors de la fenêtre ouverte. Se mettant face à moi, Phœnix a attrapé mes mains.

— Ferme les yeux, a-t-il chuchoté. Ne les rouvre que quand je te le permettrai.

J'ai obéi, un peu nerveuse, les ailes toujours plus fortes et menaçantes.

— Je ne te lâcherai pas, ai-je promis, effrayée également par les dessins qui bougeaient sous mes paupières closes, zigzags et faisceaux orange et mauves. Ça prend longtemps ?

Phœnix n'a pas répondu. Dans le tourbillon d'ailes et de formes bizarres, ses mains étaient fraîches mais fermes. J'ai senti un vent puissant et froid comme la mort, j'ai éprouvé une sensation de flottement vertigineux, comme si mon cerveau se baladait à l'intérieur de ma boîte crânienne, me désorientant complètement, puis une vive lumière blanche a transpercé mes paupières.

— C'est bon ! m'a annoncé Phœnix.

Nous étions dans la grange de Foxton. Il faisait sombre, aucune lampe à huile n'était allumée, seuls les rayons de lune rayaient le plancher.

— Dingue ! ai-je murmuré en me retenant à Phœnix jusqu'à ce que j'aie retrouvé l'équilibre. Où sont les autres ?

Nous sommes sortis. La nuit était d'encre. Une lumière brillant dans la maison, nous avons traversé la cour. Ayant perçu nos pas, Iceman nous a ouvert.

— Salut ! m'a-t-il lancé avec un sourire. Ça roule, Darina ?

— C'était hyper étrange, mais oui, je vais bien.

Phœnix m'a précédée dans la ferme.

— Où est Arizona ? a-t-il demandé.

— Elle est partie.

— Où ça ?

La nouvelle m'a ébranlée, car j'ai tout de suite pensé que Hunter avait fini par la réexpédier dans les limbes tant elle l'avait enragé.

— On ne sait pas. Mais c'est Hunter qui l'a emmenée. Vous deux êtes censés attendre ici.

— Il va y en avoir pour longtemps ?

D'après Phœnix, ma présence à Foxton était requise d'urgence, d'où le voyage magique dans l'espace. Et voici que, apparemment, un événement encore plus important s'était produit.

— Aussi longtemps qu'il le faudra, a soupiré Iceman en se tournant vers mon petit ami. C'est la première fois que je vois Hunter agir ainsi.

— Et moi, la première fois que je vois quelqu'un lui désobéir, a acquiescé Phœnix.

— Faux, suis-je intervenue. Nous avons franchi la limite, lundi soir, tu as oublié ? Enfin, j'imagine que ce n'était rien en comparaison d'Arizona.

— Quoi qu'il en soit, nous n'avons plus qu'à patienter.

Il s'est assis sur le rebord de la table, ses longues jambes étendues en direction du poêle.

— Assieds-toi, m'a-t-il dit en montrant la chaise à bascule. Et tâche de dormir.

— Des clous ! ai-je répliqué en obtempérant cependant. Je suis trop énervée pour ça.

Six heures plus tard, Phœnix m'a réveillée avec un baiser.

— Recommence, ai-je soufflé, sinon je vais croire que je rêve encore.

Il a délicatement embrassé mes lèvres puis mon cou.

— Toujours aucun signe de Hunter, m'a-t-il annoncé. Mais viens voir un peu ça.

Je l'ai suivi dehors. L'obscurité régnait toujours, seulement troublée par une bande d'or en fusion sur l'horizon, à l'est. Nous avons contemplé le lever du soleil, plus rapide que je ne l'aurais cru, qui a teinté le ciel d'un orangé incomparable, lequel a viré au rose en se répandant sur les cimes acérées des montagnes.

— Chouette, hein ? a murmuré mon bien-aimé à mon oreille.

— Les mots me manquent.

En cet instant, la vie paraissait en effet d'une perfection absolue.

Le silence a été rompu par l'arrivée précipitée de Summer, qui a dévalé la colline. Elle avait des allures d'héroïne de contes de fées avec ses cheveux dorés, sa silhouette découplée, sa beauté.

— Des cavaliers se promènent du côté du rocher de l'Ange ! nous a-t-elle informés sur un ton inquiet. À mon avis, ils sont venus tôt afin d'admirer l'aube.

Sa voix avait attiré Donna dans la cour.

— Allons-y ! a aussitôt décrété cette dernière. Il vaudrait peut-être mieux que tu restes ici, Darina.

Vivement, elle, Phœnix et Lee sont partis avec Summer, m'abandonnant comme une idiote sur la véranda. Depuis quand Donna me donnait-elle des ordres ? Furieuse, je leur ai emboîté le pas, beaucoup moins agile qu'eux certes, mais réussissant à ne pas les perdre de vue. Le soleil brillait, et je connaissais le chemin jusqu'au rocher de l'Ange.

Ils ont bientôt disparu de l'autre côté de la crête. J'ai accéléré. Au sommet, près du réservoir et du bosquet de trembles, j'ai aperçu un van garé au bout de la piste et trois cavaliers qui s'éloignaient. Les quatre Revenants s'étaient déployés sur la colline. J'ai senti la brise de mauvais augure qui soufflait du pic d'Amos et inclinait les herbes en répandant un vaste soupir dans les alentours. Les chevaux l'ont également perçue. Vent ou ailes ? D'où le phénomène tirait-il sa source ?

J'ai pris conscience que les animaux allaient paniquer. Donna et Lee se sont glissés derrière la formation granitique qu'ils surnomment le rocher de l'Ange. Les ailes ont battu plus fort, et la lumière claire de l'aurore a commencé à s'assombrir. Les trois cavaliers luttaient pour maîtriser leurs montures. Chaque fois qu'ils se détournaient des rafales, c'était pour se rendre compte que le vent avait changé de direction et agitait les crinières et les queues des bêtes dans tous les sens. Soudain, l'une d'elles, brune et blanche, s'est cabrée.

Je me tenais trop loin pour distinguer les détails. Les ailes soulevaient un champ magnétique d'une puissance qui terrifiait les chevaux. Ces derniers ne pensaient qu'à fuir, mais leurs cavaliers, tout aussi terrifiés, tiraient sur les rênes.

— Arrêtez tout de suite ! ai-je lancé à l'intention de Phœnix, pressentant un désastre.

Il m'a entendue, a adressé un signe de tête à Summer qui a acquiescé et a reculé. Malheureusement, Donna et Lee avaient disparu et œuvraient de leur côté, harcelant les intrus, les éloignant de la grange et de la ferme, les repoussant vers les éboulis et les ronces du pic d'Amos.

— Dis-leur que ça suffit ! ai-je de nouveau crié à Phœnix.

Trop tard ! La cavalière du cheval noir et blanc a lâché la bride, et la bête a décampé des quatre fers. Le deuxième animal, un appaloosa, a rué, renversant celui qui le montait sur son encolure, avant de déguerpir à son tour. Il ne restait plus que la troisième monture, un alezan. L'ouragan des ailes emplissait ses oreilles et ses naseaux, et il hennissait, affolé. Il a fait un brusque écart, déséquilibrant sa cavalière qui a glissé sur son flanc, puis il s'est cabré, la rejetant en arrière. Elle a tenté de se remettre en selle et, l'espace d'un instant, j'ai cru qu'elle allait y parvenir. Hélas non. Désarçonnée, elle est tombée par terre, cependant que l'alezan se sauvait au grand galop, enfin libre.

Summer et Phœnix se sont précipités vers elle, et je les ai rejoints. La femme était inconsciente, mais vivante. Couchée sur la saillie plate d'un rocher, un bras plié derrière le dos, elle avait les yeux fermés.

— Mon Dieu ! me suis-je exclamée. Qu'est-ce qu'on va faire ?

Lee et Donna continuaient d'entretenir le champ magnétique, le vent ne cessait pas. Au loin, chevaux et cavaliers s'éloignaient à toute vitesse.

— Ne la déplace pas, ai-je conseillé à Summer. On ne sait pas si elle a quelque chose de cassé.

— Va plutôt dire à Lee et Donna d'arrêter, lui a ordonné Phœnix.

Il a ensuite pris le pouls de la victime. Je me suis penchée vers elle, sentant son haleine tiède contre ma joue.

— On dirait qu'elle s'est brisé le bras, ai-je diagnostiqué. Qu'est-ce que vous avez fichu, bon sang ? On ne convoque pas les ailes quand il y a des animaux dans le coin !

— Nous avons exagéré, oui, a-t-il reconnu. Elle se réveille.

Il a reculé, car les paupières de la femme commençaient effectivement à papillonner. Elle a gémi.

— File ! ai-je dit à Phœnix.

Il est allé à la rencontre des trois autres, et tous se sont volatilisés avant que la blessée ne revienne complètement à elle.

— Tout va bien, l'ai-je rassurée lorsqu'elle s'est redressée sur un coude.

Elle n'était plus toute jeune, la cinquantaine, peut-être. Ses cheveux sombres noués en une tresse étaient striés de gris, son visage était ridé, mais elle était encore mince et en forme.

— Je ne sais pas ce qui s'est passé, a-t-elle murmuré d'une voix faible. Mon cheval s'est affolé. Il y a eu un coup de vent bizarre. Était-ce un ouragan ?

— Ne parlez pas. Et ne vous inquiétez pas. Je vais vous aider.

Lorsqu'elle a tenté de bouger son bras droit, elle a geint. Elle s'est rallongée, des larmes au coin des yeux.

— Oui, ai-je confirmé, je crois qu'il y a fracture. Vous n'avez mal nulle part ailleurs ?

Elle a secoué la tête.

— Il faut me transporter à l'hôpital, a-t-elle soupiré.

— Je sais. Restez tranquille, je vais voir si j'ai du réseau sur mon portable.

Sortant ce dernier de ma poche, j'ai appelé les secours. Il m'a fallu m'y reprendre à trois fois pour obtenir une réponse.

— J'ai besoin d'une ambulance sur la crête de Foxton, ai-je lancé. Une femme s'est blessée en tombant de cheval. L'endroit exact est le rocher de l'Ange. Venez aussi vite que possible.

5

Tout le monde m'est tombé dessus à bras raccourcis.

— Je n'en reviens pas que tu m'aies fait ce sale coup ! a fulminé Laura. Jim et moi revenons du cinéma en pensant que tu es au lit, en sécurité, et tu n'as même pas dormi à la maison !

— Qu'est-ce que tu fichais à Foxton au petit matin ? m'a demandé Logan après que Laura, dans sa crise d'hystérie, l'a eu appelé. Non, ne m'explique pas, je préfère ne pas savoir.

Avant, ce sont les ambulanciers qui m'ont cuisinée.

— Vous avez vu ce qui avait provoqué l'accident ? Que sont devenus les chevaux ? Y a-t-il d'autres témoins ?

Puis les médecins à l'hosto.

— Vous affirmez vous être rendue seule en voiture là-bas ? (J'avais menti, évidemment.) Vos parents étaient-ils au courant ?

La prochaine fois qu'un cavalier se casserait la figure, je m'en irais sans y prêter attention.

J'ai quitté l'hôpital aux environs de onze heures du matin, raccompagnée par un employé des urgences qui avait terminé son service. Je suis arrivée à la maison deux heures plus tard, me creusant la cervelle pour trouver une excuse susceptible de satisfaire Laura.

— Comme je n'arrivais pas à dormir, je me suis levée tôt.

— Ton lit n'est même pas défait ! a-t-elle braillé, les yeux exorbités, les poings serrés. Ne me mens pas !

— Du calme, ai-je plaidé en fermant les yeux et en secouant la tête.

— Où étais-tu ? a-t-elle tempêté. Je ne t'ai pas entendue t'en aller. J'aurais reconnu le bruit de la voiture.

— Arrête de prendre ta mère pour une idiote, est intervenu Jim. Et, pour une fois, essaye de dire la vérité.

Ça a été la goutte de trop.

— Et toi, arrête de me commander, ai-je hurlé. Tu n'as aucun droit sur moi, tu n'es pas mon père !

Tout moi, ça ! L'éléphant dans le magasin de porcelaine. Ça a été comme si j'avais flanqué un coup de poing dans le ventre de Laura. Ouvrant la bouche, le souffle coupé, elle s'est affalée sur le canapé. Elle était encore en chemise de nuit, enroulée dans son peignoir rose. Le mascara de la veille tachait ses joues pâles. Jim a incliné la tête en fronçant les sourcils, l'air furieux.

— Je préfère faire comme si tu n'avais pas dit ça, Darina.

— À ta guise !

Il était temps de décamper. Où ? Je n'en avais pas la moindre idée. N'empêche, j'ai filé. Je mettais le contact quand la Honda de Logan s'est rangée derrière moi, me barrant le passage.

— Tire-toi de là ! ai-je crié.

Il a claqué sa portière, a remonté l'allée.

— Cesse de me hurler dessus, a-t-il rétorqué. Tu n'iras nulle part.

Décidément, ce type était trop. Bondissant de ma voiture, j'ai traversé la pelouse pour sauter par-dessus la petite haie nous séparant du trottoir.

— Fous-moi la paix, Logan ! Tu m'as dit au téléphone que tu ne voulais rien savoir.

Il m'a ignorée. Nous courions le long de la rue. Il m'a saisie par le bras.

— Tout cela ne te regarde pas, pigé ? ai-je rugi, avec ma subtilité éléphantesque. Tu es encore pire que Jim. Je te signale que tu n'es personne pour te mêler de mes affaires. Tu n'es rien dans ma vie, OK ?

À son tour, Logan a semblé avoir des difficultés à respirer. Reprenant son souffle, il a reculé. J'aurais pu me sauver, mais j'ai choisi d'enfoncer le clou.

— Tu n'es ni mon frère, ni mon mec, ni mon père... Tu es... non, tu n'es même plus mon ami !

Je ne l'aurais pas plus offensé si je l'avais voulu. Toutefois, au lieu de rester sonné comme Laura et Jim, il s'est rebiffé, me prenant au dépourvu. De nouveau, il m'a barré la route.

— Ainsi, c'est l'heure de vérité ? m'a-t-il craché à la figure. Tu as envie de connaître l'opinion des autres, Darina ? Eh bien, sache que tu te comportes comme une dingue.

Personne ne croit un mot de ce que tu racontes. Personne, ni Hannah ni Lucas, ne t'aime plus depuis que tu agis comme ça.

— Répète un peu ! l'ai-je défié, oppressée. Ne viens-je pas de secourir une femme blessée ? Depuis quand c'est un crime ?

— Ce n'est pas le problème, cesse de jouer les idiotes. Qu'est-ce qui se trame, au rocher de l'Ange et à Foxton ? Que caches-tu ?

— Pas de commentaire !

J'ai réussi à le contourner. Nous sommes repartis, avons atteint une rangée d'érables. Le bruissement des feuilles commençait à se transformer en battements d'ailes.

— Nous vivons dans un pays libre, Logan. J'ai le droit d'aller où bon me semble.

— C'est ça, va-t'en, a-t-il soudain cédé.

Le combat était terminé. L'arbitre allait siffler la fin de partie, quel que soit le vainqueur. Je l'ai regardé, méfiante.

— Tu acceptes de déplacer ta voiture ?

— Oui.

Avec un geste dédaigneux, il a rebroussé chemin.

— Va où tu veux, Darina. Seulement, à partir de maintenant, il sera inutile de venir chez moi pour me demander de l'aide et pleurer sur mon épaule.

Il s'est trouvé que, malgré le départ de Logan, j'ai été dans l'impossibilité de m'enfuir.

— Tu as de la visite, Darina, m'a annoncé Jim depuis la véranda.

Un inconnu se tenait près de lui, portant un bouquet de fleurs. J'ai mis un moment à me souvenir de l'endroit où je l'avais croisé. Ça ne m'est revenu que lorsqu'il est sorti de l'ombre et que j'ai pu distinguer sa silhouette maigrichonne et ses cheveux gris plaqués en arrière sur son crâne. C'était le jardinier des Taylor. Face à n'importe qui d'autre, j'aurais inventé une excuse et aurais déguerpi. Peter m'a identifiée à peu près au même moment. Il a cligné des paupières, a dégluti. Puis il s'est approché.

— Peter Hall, s'est-il présenté, une fois près de ma vitre. Je suis passé te remercier.

— De quoi ?

Je songeais à Raven, à son dessin froissé, à ses yeux effrayés.

— D'avoir aidé ma femme, Jenna, ce matin dans la montagne. Sans toi, ça aurait pu tourner au drame.

Nous sommes rentrés dans la maison. Laura a mis les lys dans un vase avant de s'éclipser en compagnie de Jim afin de me laisser seule avec Peter.

— J'ignorais qu'il s'agissait de votre épouse.

— N'empêche, merci. J'arrive de l'hôpital. Les médecins vont la garder un ou deux jours. Ils attendent que le traumatisme s'estompe avant de décider de la suite. Une opération, peut-être. Ou non. Jenna a été secouée. Ils l'ont mise sous sédatifs.

— Mais ça va aller, hein ?

— Oui, naturellement. Elle tenait à te remercier.

— Drôle de coïncidence, non ? Que vous et moi nous soyons déjà rencontrés, s'entend.

Il a esquivé, mettant un terme à la conversation.

— Il faut que je me sauve. Pour récupérer le van de Jenna à Foxton. En tout cas, merci, Darina.

Je l'ai suivi dehors, bien contente que Laura ne puisse pas nous entendre.

— Comment se fait-il que votre femme et ses amis soient montés là-haut aussi tôt ? ai-je demandé.

— Bah ! Par une sorte de romantisme à la noix. Depuis le début de l'automne, ils n'arrêtaient pas de projeter d'aller admirer le lever du soleil sur le pic d'Amos.

— Et voilà ce qui arrive ! Ils ont compris pourquoi le cheval de Jenna s'était affolé ?

— Non, a répondu Peter en regagnant sa camionnette, qui était garée plus bas dans la rue. D'après eux, les chevaux voient dans l'obscurité. Ils ont peut-être remarqué quelque chose, un coyote, que sais-je ? Le gars qui les accompagnait a dit qu'il y avait eu des bourrasques bizarres. Les canassons détestent les rafales de vent, ça les rend fous.

— Oui, j'imagine que c'est ce qui s'est produit.

Soulagée, je me tenais entre lui et son véhicule. J'avais encore des tas de questions à lui poser, qui ne concernaient pas l'incident du matin.

— Voulez-vous que je vous conduise à l'endroit exact où se trouve le van ? ai-je proposé.

— Non merci, tu en as déjà fait beaucoup.

— Franchement, vous montrer les lieux n'est rien. J'y tiens.

— D'accord, grimpe, a-t-il accepté par politesse.

C'était un homme bien élevé, qui vous apportait des lys pour vous remercier et s'exprimait avec l'accent de quelqu'un qui a suivi des études supérieures.

— Tu ne préviens pas tes parents ? s'est-il inquiété.

Secouant la tête, je me suis installée sur le siège passager.

— Les fleurs viennent du jardin des Taylor ? Je me souviens avoir vu des lys roses dans leur serre.

— Non, je les ai cueillies chez moi. Jenna aime faire pousser des fleurs. Je tourne à gauche à la sortie de la ville ?

— Au prochain feu. Prenez la direction du col de Turkey Shoot. Vous bossez depuis longtemps pour les Taylor ?

— Plusieurs années. Pourquoi ?

— Comme ça.

Nous avons quitté l'agglomération, avons dépassé une petite zone industrielle puis des logements délabrés avant d'atteindre la forêt incendiée. Il était quinze heures trente quand nous nous sommes engagés sur la nationale. La chance me souriait, et ce n'était pas trop tôt, ai-je songé, tandis que la radio jouait en sourdine. Enfin, si on peut appeler chance la chute de cheval d'une femme me permettant d'entrer en relation avec le seul type de ma connaissance qui fréquente de près Raven Taylor.

— Tu es élève du lycée d'Ellerton, Darina ? a soudain lancé Peter.

J'ai opiné.

— Puis-je me permettre de te demander ce qui t'a amenée à Foxton d'aussi bonne heure ce matin ?

Je lui ai sorti la vieille excuse de l'insomnie.

— J'aime conduire, ai-je développé. Je monte en voiture et j'essaye de fuir mes démons.

Peter a acquiescé, l'air de comprendre.

— Heureusement pour Jenna que tu n'as pas bien dormi cette nuit.

À la radio, ils ont annoncé le bulletin météo du lendemain.

— Ça fait presque un an, maintenant, a repris Peter d'une voix douce après m'avoir jeté un coup d'œil. Avant elle, il y a eu Jonas et, depuis, Summer et Phœnix.

Petit et maigre, il portait un jean bleu foncé et une chemise bleu pâle bien repassée.

Sur le volant, les doigts minces semblaient ne pas appartenir à quelqu'un ayant consacré quarante années de son existence à un dur labeur physique. Certains détails clochaient, chez cet homme.

— Très dur pour les familles, ai-je commenté. Mme Madison ne quitte plus guère sa maison. J'ai vu la mère de Jonas à la veillée commémorative organisée pour Bob. C'est affreux, pour elle.

— Je suis chez les Taylor depuis longtemps, m'a-t-il informée alors que nous venions de doubler la croix de néon géante, un repère qui m'était familier lorsque j'empruntais cette route. Leur fille me manque plus que je ne peux le formuler.

— Vraiment ? Oui, bien sûr, je suis bête.

J'avais tenté de dissimuler ma surprise. Peter a enchaîné.

— C'était une enfant compliquée. Difficile à deviner. Mais quand on avait réussi à percer la carapace lisse qu'elle s'était fabriquée, on s'attachait pour toujours.

Lentement, très lentement, je tournais la clef de la serrure de la porte derrière laquelle se cachait la véritable Arizona.

— Je ne la connaissais pas très bien, ai-je avoué. Ce qui était le cas de tout le monde autour de moi, d'ailleurs.

— Endurcie à l'extérieur, douce comme le miel à l'intérieur. Une gamine gentille, très gentille.

— Vous prendrez à gauche au feu, ai-je dit parce que nous arrivions au carrefour des Foxton et parce que c'était un bon moyen de ravaler mon étonnement. Il faut longer la rivière, aller au-delà des cabanes de pêcheurs.

— Tu l'aurais vue s'occuper de Raven. Elle l'aimait comme personne. Frank et Allyson n'en ont ni la patience ni le temps. Ni le cœur. Arizona, elle, si.

Hébétée, j'ai secoué la tête.

— On a le droit de parler de Raven ?

— Bien sûr. Tu l'as aperçu dans la gloriette. Pourquoi faire comme si ce n'était pas le cas ?

— C'est juste que je pensais...

— Que Raven est un sujet tabou, hein ? Il est vrai que c'est ainsi que ses parents ont décidé d'agir.

— Et Arizona ? Quand elle vivait, c'était pareil ?

— Oui. Toute la famille. Pour Frank et Allyson, c'est une espèce de honte, à croire que le gamin est plus ou moins le mouton noir. C'est surtout pour ça qu'ils l'ont mis en pension dans une institution. Arizona avait d'autres motifs. Elle estimait que le silence était le meilleur moyen de le protéger. Elle ne voulait pas que les gens posent des questions, qu'ils le bouleversent.

— Et vous ? Qui êtes-vous, dans tout ça ?

— Le jardinier à temps partiel.

— Et le garde du corps ?

— Non, rien que le jardinier.

Le chemin devenait cahoteux. À un virage en épingle à cheveux, Peter a freiné sec, et l'arrière de la camionnette a chassé.

— Enfin, jusqu'à la fin du mois. Mon contrat s'achève à ce moment-là.

— Et après ?

— Ils vendront la maison, et je perdrai mon travail.

— Voici le van, ai-je annoncé. Juste devant nous.

J'ai aidé Peter à accrocher la remorque à son véhicule afin de laisser passer un peu de temps avant d'enquêter plus avant. Ce bonhomme me plaisait. Il était solide, franc, il ne jouait pas au plus fin. Il m'a demandé de m'installer derrière le volant et de reculer vers le van.

— C'est bon. Stop. Je tourne la manivelle... OK, on l'a fixé.

Quand il est revenu vers la camionnette, il m'a proposé de conduire.

— Je n'ai encore jamais tracté d'attelage, lui ai-je lancé.

— Bah ! Tu as l'air d'en être capable, a-t-il riposté avec un grand sourire.

Il a sauté sur le siège passager et a entrepris de me prodiguer des conseils pour regagner la route.

— Tu as obtenu ce que tu voulais lorsque tu as rendu visite à Frank ?

— Non. Il a refusé de me donner des leçons de musique, ai-je avoué en descendant lentement le raidillon qui longeait le torrent, en direction de la nationale. De toute façon, je n'avais pas envie d'apprendre la guitare. J'avais entendu des histoires au sujet d'Arizona, j'essayais de les vérifier.

— Quelles histoires ?

Un instant, Peter a repris une attitude défensive.

— Certains soutiennent qu'elle ne s'est pas suicidée au lac Hartmann. Qu'il est arrivé autre chose.

Allais-je un peu trop loin ? Ce secours inattendu allait-il m'échapper ?

Non, heureusement.

— Je suis bien d'accord, a en effet opiné Peter d'une voix lourde d'émotion. Pour quelle raison Arizona se serait-elle tuée ? Comment aurait-elle pu abandonner Raven ?

— C'est impensable, en effet !

Dans mon excitation, j'ai enfoncé l'accélérateur au lieu de freiner, et nous avons déboulé sur la nationale à toute berzingue. Heureusement, il n'y avait pas de circulation.

— Elle veillait sur lui, a insisté Peter. En vérité, elle était une meilleure mère pour lui qu'Allyson l'a jamais été.

— Trop préoccupée par sa carrière, hein ?

J'avais repris le contrôle de ma vitesse, et nous descendions vers le col de Turkey Shoot.

— Pas vraiment, non. Bien des femmes ont du succès dans leur travail tout en ayant une famille. Pour Allyson, ce serait plutôt qu'elle n'a aucun instinct maternel. Comme si le gène lui manquait.

— Frank Taylor ne me semble pas tellement du genre père aimant non plus.

Il m'avait donné l'impression d'un homme chez qui la raison l'emportait largement sur le cœur.

— Tu comprends pourquoi Arizona avait endossé le rôle parental. Jenna et moi avons aussi fait de notre mieux. Nous continuons, d'ailleurs, autant que nous en avons le loisir.

Nous avons roulé en silence pendant quelques minutes. Une nouvelle question m'était venue à l'esprit, mais j'ai décidé de la garder pour plus tard et j'en ai posé une autre.

— De quoi Raven est-il atteint exactement ? Il est autiste, ils en ont honte, d'accord. Mais il y a autre chose pour qu'ils le cachent ainsi, non ?

— Il réclame beaucoup d'attention. Médicaments et surveillance vingt-quatre heures sur vingt-quatre, sept jours sur sept. Et puis, il y a ses sautes d'humeur, qui peuvent le conduire à se faire du mal. Enfin, il souffre d'hyperactivité. Ses seuls moments de calme, c'est quand il dessine.

— Hum, ça paraît difficile à gérer. Est-ce qu'il est conscient de ce qui se passe autour de lui ? Parle-t-il ?

Arizona m'avait confié que son frère ne savait même pas ce que signifiait un sourire.

— Non, il ne parle pas. Toutefois, Arizona arrivait à communiquer avec lui. Elle était la seule.

— Elle doit drôlement lui manquer, non ?

— C'est affreux. Lorsqu'il revient à la maison, il erre de pièce en pièce, à sa recherche, afin de lui montrer ses nouveaux dessins.

— Et vous ? n'ai-je pu m'empêcher de demander. Arizona comptait-elle plus à vos yeux que ce que vous me racontez ?

Peter a pris une profonde inspiration, a balayé les doutes qui subsistaient en lui et s'est lancé :

— Jenna et moi sommes les parents de la première femme de Frank, Kathryn.

— Quoi ? Vous étiez les grands-parents d'Arizona ?!

— Ça a été une tragédie. Kathryn est morte en couches. La petite n'a jamais connu sa mère. Nous avons essayé de combler ce vide.

— Je t'avais avertie, elle est trop intelligente pour toi.

Sévère, dominateur, Hunter était redevenu lui-même. Il m'avait entendue revenir après que Peter m'avait déposée chez moi. J'étais aussitôt repartie à Foxton, au volant de ma décapotable. Le suzerain m'avait accueillie à l'extérieur de la grange.

— Vous avez dit « trop subtile », l'ai-je corrigé. Mentir ne relève pas de l'intelligence, à mes yeux. Devinez un peu ! Elle a des grands-parents !

— Tu es en colère, a-t-il remarqué après m'avoir observée un instant.

— Naturellement ! Pas vous ?

Au demeurant, je m'attendais à ce qu'il s'agisse là de ma dernière conversation au sujet d'Arizona avec le chef des *Beautiful Dead.*

— Alors, ai-je enchaîné, elle est où ? Vous l'avez renvoyée dans les limbes ?

— Quelle réponse souhaites-tu ? Oui ou non ?

— Oui si elle continue à nous baratiner. Si ça ne tenait qu'à moi, je l'oublierais pour me consacrer à Summer.

Sauf que le destin de Raven était également en jeu, ainsi que ma maigre chance de découvrir ce qui était arrivé à sa sœur et de parvenir à le lui expliquer.

— Tu as raison, a acquiescé Hunter qui avait lu dans mon esprit. Telle est notre mission.

— Bref, elle est encore sur l'autre versant, en dépit de son comportement, hein ?

L'air était froid et, une fois n'est pas coutume, d'épais nuages dissimulaient la lune. J'ai frissonné.

— J'ai réglé la question, a-t-il lentement dit. Dorénavant, Arizona sera honnête.

— Elle a intérêt, parce que j'ai pas mal de trucs à éclaircir avec elle. Ces fameux grands-parents, par exemple. Jenna et Peter Hall. Ils s'inquiètent pour Raven. Arizona n'était pas la seule à l'aimer.

— Sauf qu'elle a appris qu'ils partiraient à la fin du mois.

Comme d'habitude, Hunter avait une longueur d'avance sur moi.

— Ils n'ont aucun lien du sang avec le gamin, Allyson ne leur accordera pas le droit de visite.

— C'est Arizona qui vous a raconté ça ?

— Oui. Depuis ton dernier séjour ici, elle et moi sommes parvenus à une meilleure communication.

— Vous lui avez pardonné ?

D'avoir menti par omission, d'avoir remis en cause son autorité, d'avoir semé le doute sur le comportement de sa défunte femme. Bien que j'en sois estomaquée, je me suis ressaisie.

— Comment a-t-elle justifié ses cachotteries ?

Hunter s'est gratté le menton.

— Sa force d'esprit est remarquable, a-t-il éludé. Elle a réussi à maintenir ses défenses durant presque un an, y compris avec moi. Personne n'a rien soupçonné. Ça démontre une sacrée personnalité.

— Mais quelles raisons avait-elle ?

— La voici, a répondu Hunter en s'écartant pour que je voie la silhouette d'Arizona qui se découpait dans l'encadrement de la porte de la grange. Tu n'as qu'à le lui demander en personne.

— Je m'étonne que Hunter ne t'ait pas punie, ai-je confié à Arizona, tandis que nous nous promenions le long de la colline.

— D'où tiens-tu qu'il ne l'a pas fait ?

Elle marchait devant moi, vêtue d'un seul tee-shirt et d'un jean. Le vent ébouriffait ses cheveux qui cachaient son visage.

— Ben, tu es toujours là.

— Il a réduit mon droit de présence sur l'autre versant, m'a-t-elle annoncé d'une voix terne. Ce n'est plus deux semaines qu'il me reste, mais une.

— Zut ! ai-je maugréé en la rattrapant afin de distinguer l'expression de ses traits. Sept jours pour débrouiller ce pataquès !

— En plus, il m'a renvoyée au jour où ça s'est produit, pour que je me rappelle de nouveaux détails. Bon sang, qu'est-ce que ça a été douloureux !

— Je suis bien placée pour le savoir. Bon, ce voyage dans le temps, ça a donné quelque chose ?

— Je suis remontée jusqu'au moment où je marchais au bord du lac. Je revois le soleil bas, les berges gelées, l'eau scintillante. Je n'étais pas seule, mais j'ignore qui était avec moi, et j'avais la frousse.

— Et ensuite ?

— Une bouffée de peur, de terreur pure, un flou et le néant. Hunter m'a ramenée dans le présent. J'ai eu l'impression qu'on m'avait écartelée. Tout ça pour rien.

— J'imagine qu'il se doutait que tu ne découvrirais rien de neuf.

— Il me punissait, oui. J'ai revécu le traumatisme jusqu'à un certain point. Sans résultat.

— Si. L'occasion d'avoir cette discussion avec moi. L'heure de vérité est arrivée, Arizona, et je suis tout ouïe.

Nous nous sommes assises sous le réservoir, adossées à ses pieds de fer, cernées par le silence. J'ai dû attendre longtemps avant qu'Arizona ne commence.

— Représente-toi un peu la situation, Darina. Le sentiment d'avoir passé toute ma vie dans une maison où les gens sont dans le déni. D'abord, ils font comme si leur nouveau-né chéri n'avait rien. Raven refuse de manger, il fuit les regards, mais pourquoi s'en soucier ? Les jeunes filles au pair s'occupent du problème de nourriture pendant que papa et Allyson vont bosser. Raven a des crises, ils convoquent à son chevet des médecins qui les persuadent que ça va passer avec le temps. Ils appellent ça *le petit mal* [1], ce qui sonne chic et sans conséquences.

— Alors que toi, tu savais que ce n'était pas le cas ?

— Je l'ai deviné dès le début. Il était encore tout bébé quand je l'ai vu enfoncer ses ongles

1. En français dans le texte.

dans sa propre chair. Lorsqu'il a eu des dents, il a commencé à se mordre. Il était tellement petit, tellement sans défenses. Nous l'étions tous les deux.

— Je suis navrée.

— Pas la peine. Je me suis vite endurcie. J'ai appris à comprendre que l'impuissance n'était pas confortable. Je me suis donc mise à lui lancer des défis. « Comment ça ? Tu n'arrives pas à attraper ce jouet ? » Ou : « Fais un petit effort. » Malheureusement, mon père et Allyson ne sont doués ni pour la maladie ni pour le handicap.

L'interrompant, je lui ai révélé que son grand-père m'avait fourni pas mal de renseignements. Si elle a été sous le choc ou si elle a eu honte, elle n'en a rien montré.

— Tu n'étais qu'une gosse, à l'époque, ai-je souligné. Peter et Jenna étaient des adultes. Ils ont bien vu ce qui se passait, ils se sont forcément inquiétés.

— Tout le monde s'inquiétait, a riposté Arizona avec l'un de ces regards durs et méprisants dont elle avait le secret. Sauf que c'est Allyson qui détient le pouvoir, à la maison. Elle a agi comme bon lui semblait. Elle a balancé à mes grands-parents que, s'ils trouvaient quelque chose à redire sur la façon dont elle élevait Raven, ils n'avaient qu'à partir.

— Houps ! Une vraie mégère.

— L'archétype de la méchante belle-mère. Et moi, j'étais une présence encombrante.

— J'imagine, oui.

Allyson et Jim, même combat !

— Bref, ils ont emballé le problème de Raven dans toujours plus de joli papier cadeau. Et puis, un matin, quand je me suis levée, il avait disparu.

— Pour l'institution ?

— Allyson présentait le journal, mon père donnait une conférence en Europe. C'est la femme de ménage qui m'a révélé le nom de l'école où ils l'avaient placé. L'institut Lindsey. Elle m'a aussi dit qu'il finirait par revenir.

— Ouille ! Peter m'a confié que tu étais la seule à pouvoir communiquer avec ton frère. Comment t'y prenais-tu ?

— En me concentrant sur les choses pour lesquelles il est doué, a-t-elle répondu comme si c'était évident. Il aime dessiner.

— Donc, tu t'y es mise aussi ?

— Oui. Et je lui montrais des images, des photos, des tableaux. Il y a une grande galerie d'art en ville. Je l'y traînais. Il adore Andy Warhol, sa façon de répéter à l'infini le même sujet. Marilyn Monroe, Elizabeth Taylor, les boîtes de soupe.

— Je tâcherai de m'en souvenir, ai-je dit. Quand tout cela sera fini, je l'emmènerai voir les Warhol.

Ma remarque a fait briller des larmes dans les yeux d'Arizona. Ça m'a sciée. Soudain, elle a craqué et éclaté en sanglots.

— Sans moi pour le protéger, ils l'enfermeront, s'en débarrasseront. Après le divorce. Je sais que c'est ce qu'ils feront.

— Regarde !

J'ai tiré le dessin froissé de ma poche. Je l'avais conservé sur moi, seule chose concrète à laquelle me raccrocher. Je l'ai déplié et tendu à Arizona. Les mains tremblantes, elle en a examiné chaque détail.

— Merci, a-t-elle chuchoté à plusieurs reprises. Oh, Raven, mon pauvre chéri ! Que va-t-il advenir de toi ?

Lorsque la vie est dure, on se construit une carapace aussi dure qu'elle pour tenir le coup. C'était ce que j'avais appris, ces dernières heures. Mais il suffisait du dessin d'une maison pour saper les défenses, lézarder les murs et permettre à la lumière d'y filtrer. Une nouvelle Arizona se profilait désormais, une que j'avais envie d'aider.

— Il faut que tu me parles de Kyle Keppler, ai-je annoncé un peu plus tard, alors que nous marchions sous les trembles de la crête de Foxton. Que dois-je savoir sur lui ?

Au sommet de la colline, elle a bifurqué pour s'enfoncer dans l'obscurité.

— C'est compliqué.

— Explique. Tu m'as assuré ne pas connaître le nom du garage, et pourtant ton petit ami y travaille. Pourquoi ?

— Je ne souhaitais pas l'impliquer.

— Officiellement, il ne l'est pas. Joli boulot. À propos, savais-tu qu'il nie t'avoir eue comme copine ?

Elle a paru blessée, j'ai regretté mes paroles.

— Comme ta voiture est toujours dans l'atelier, ai-je enchaîné, j'en ai déduit quelques petits trucs toute seule.

— Que je l'avais portée là-bas pour une révision ? Que, ensuite, papa et Allyson s'en fichaient au point de ne même pas la récupérer ? Qu'ils ont planqué toutes les photos de moi et distribué toutes mes affaires à des organismes de charité ? Quoi d'autre ?

— Que toi et Kyle dissimulez quelque chose. J'ignore quoi. Pourquoi t'es-tu sentie obligée de le tenir à l'écart de cette affaire ?

— Parce que notre relation était secrète.

— Brandon Rohr était au courant. C'est lui qui me l'a révélée.

Arizona a ralenti, a posé sa main sur le tronc mince d'un arbre et en a contemplé le feuillage sombre.

— Il avait juré à Kyle qu'il se tairait. Ils sont potes. Kyle avait confiance en lui.

— Grossière erreur ! Même moi, je me méfie de lui, alors qu'il est le frère de Phœnix, nom d'un chien ! Ce gars-là est un électron libre.

Elle a tourné autour du tronc et m'a fait face.

— Allez, vas-y ! m'a-t-elle lancé. Donne-moi des raisons susceptibles de justifier que je n'aie pas voulu étaler ma relation avec Kyle.

— Et d'une, il n'est pas ton genre de mec.

— Pas le bon milieu, tu veux dire ?

— Oui. Et c'est un homme préhistorique.

— Juste. Ensuite ?

— Il ne correspond pas non plus aux critères de tes parents.

— Ce qui m'aurait posé un problème ?

— Non, OK. À ton tour. Quoi d'autre ?

— Et s'il avait déjà eu une copine ?

— Mince ! Qui est-ce ?

— Elle s'appelle Sable. Elle n'habite pas Ellerton.

— Laisse-moi deviner la suite. Sable est la chérie de Kyle depuis l'enfance. Il la trompe tout en exigeant de toi le secret. Pourquoi avoir accepté ?

— J'ignorais son existence avant que Kyle et moi ne sortions ensemble. Après, j'étais trop mordue.

— Ça m'échappe. Certes, Kyle est plutôt pas mal. Mais qu'a-t-il de plus qu'un autre ?

— Quels sujets de discussion avions-nous en commun ? C'est ça ? Allons, Darina, depuis quand est-il aussi indispensable d'échanger des paroles ?

— Tu trouves ça peut-être bizarre, mais ça a ses avantages. Tu devrais essayer, à l'occasion.

Il va de soi que je pensais à Phœnix et à moi. Et puis, je n'aimais pas le ton qu'avait de nouveau adopté Arizona pour s'adresser à moi.

— D'accord, tu as raison. Lorsque j'ai rencontré Kyle, à une soirée à Centennial, j'en étais à un stade où j'avais vraiment besoin de me reposer sur quelqu'un. Pas que physiquement, s'entend. Nous avons dansé et discuté. Eh oui, il est capable de sortir des mots de plus de deux syllabes !

— Lui as-tu parlé de Raven ?

La question à cent millions de dollars. Si oui, alors elle l'aimait pour de bon.

— Au bout d'un moment, oui. Nous étions ensemble depuis deux mois, et je me sentais en sécurité avec lui. C'est à ce moment-là qu'il m'a avoué, pour Sable.

— Bravo, Kyle ! ai-je raillé (pour une fois que c'était moi qui avais l'occasion d'être ironique !). Tu avais autant besoin d'être au courant que de te pendre, ma vieille.

— Sable Jackson de Forest Lake, a-t-elle soupiré en fermant les paupières. Ils étaient fiancés.

— Nom d'une pipe, Arizona !

— Je sais, complètement débile, hein ? J'aurais dû le quitter. Sauf que la situation a empiré.

— Comment ça ?

— Deux mois de liaison supplémentaires. Je suis toujours aussi dingue de lui. Malgré Sable, je me sauve de la maison afin de passer le moindre instant avec lui. Je traîne au garage après les cours, j'attends qu'il sorte du boulot. Un jour, nous allons au pic d'Amos afin d'être tranquilles. C'est notre lieu de prédilection, c'est là que je fais pression sur lui, que je lui pose un ultimatum, et qu'il me répond qu'il ne peut pas larguer Sable, qu'il ne pourra jamais.

— Il t'explique pourquoi ?

Je commençais à détester Kyle Keppler un peu plus à chaque seconde.

— Elle est enceinte. Le bébé est prévu pour Noël. Le mariage a été planifié pour la dernière semaine d'octobre.

— Donc, le môme a neuf ou dix mois, j'imagine.

Éberluée par autant de nouveaux éléments, je m'étais lancée à la recherche de Phœnix et d'un éventuel conseil. Quand nous étions redescendues de la crête, Lee avait emmené Arizona à la ferme où Hunter voulait avoir une nouvelle conversation avec elle. Phœnix s'était vu donner l'ordre de me raccompagner jusqu'à ma voiture.

— Ils vivent où ? a-t-il demandé, une fois près de la décapotable.

— À Forest Lake. À mon avis, Kyle a épousé Sable à peu près au moment du décès d'Arizona.

— Et elle, elle a caché leur relation pour ne pas le mouiller. En quel honneur ? Qu'est-ce qu'elle en avait à fiche de le protéger ?

Phœnix était en train de digérer ce que je venais de lui raconter et se posait les mêmes questions que moi. J'ai hoché la tête, puis quelque chose m'a traversé l'esprit.

— Même processus qu'avec Raven, ai-je deviné. C'est sa façon d'aimer. Elle élève des barricades de silence autour de ceux auxquels elle tient.

— Sauf que Kyle était au bon moment au bon endroit, le jour où elle s'est noyée. Et il avait un motif.

— Pour la tuer ? me suis-je exclamée, abasourdie. Est-ce ça, la solution ?

— Si elle ne s'est pas suicidée, il s'agit d'un meurtre.

— Ou d'un accident.

Mais je me suis rappelé que, lorsqu'elle avait revécu la scène, Arizona avait mentionné une présence à côté d'elle, et sa peur.

— Il est vrai que ça ressemble à un crime, ai-je corrigé.

— Est-ce que ce type, Kyle, a suffisamment l'air d'une brute pour faire ça ? m'a demandé mon petit ami, en réfléchissant intensément.

— Il est pote avec ton frère, il a une Harley Dyna, il mesure plus d'un mètre quatre-vingt-dix. Je n'en sais pas plus.

— Ne t'approche pas de lui, dans ce cas, m'a-t-il recommandé avec ferveur. Compris ? Aide Arizona autant que tu peux, mais sans fréquenter Kyle Keppler.

6

Le lendemain dimanche, j'ai été punie. Jim et Laura m'ont convoquée dans la cuisine afin d'établir de nouvelles règles. Voici comment ça s'est passé :

Jim : Ta mère et moi avons discuté. Nous voulons rectifier le tir.

Moi : Je vous en prie, rectifiez !

Jim : Nous te demandons de nous promettre que tu ne quitteras plus la maison la nuit.

Moi : Par « nuit », vous entendez quoi exactement ? Après minuit ou après vingt-deux heures ? Vingt heures ? Plus tôt, peut-être ?

Laura : Pas d'insolences, Darina. Écoute Jim.

Jim : La ville est dangereuse. Pense à ce qui est arrivé à Summer. Nous... ta mère est folle d'inquiétude. Elle a besoin de savoir où tu es. Au lycée, chez des amis, dans ta chambre.

Moi : On parle donc d'un couvre-feu applicable vingt-quatre heures sur vingt-quatre ?

Jim (en serrant les dents) : Nous souhaiterions aussi que tu te montres un peu plus respectueuse.

Il a suffi de ce mot pour que je cesse de l'écouter. Je me suis demandé à quoi Phœnix et Arizona étaient occupés en ce moment même. Je me suis remémoré la dernière action des *Beautiful Dead* à laquelle j'avais été mêlée. Lee Stone avait interrompu le petit discours de mise en garde de Phœnix contre Kyle Keppler en dévalant la colline pour lui annoncer que Hunter le réclamait immédiatement : un groupe de campeurs qui s'étaient installés pour le week-end près de Government Bridge ; pris de boisson, ils avaient décidé d'organiser une battue aux fantômes du côté de la crête de Foxton.

— Tu sais de qui il s'agit ? avais-je lancé.

Il y avait peut-être dans la bande Charlie Fortune et ses miliciens qui, régulièrement, se poussaient du col en montant à Foxton dans le but d'éclaircir les rumeurs qui parlaient de spectres et d'événements bizarres.

— Non, désolé, avait répondu Lee, en soulignant qu'il était un nouveau venu et qu'aucun nom ne lui aurait dit grand-chose de toute façon. D'après Hunter, avait-il ajouté, ce ne sont pas des types d'Ellerton.

— La vache ! avais-je marmonné tandis que mon amoureux me donnait un baiser d'adieu. Vous êtes de plus en plus célèbres. Bientôt, tout le comté débarquera dans le coin.

En vérité, j'étais sérieusement inquiète. Le nombre de personnes qui croyaient dur comme fer que de drôles de choses se passaient à Foxton ne cessait d'augmenter. Dans les bars, les conversations roulaient sur des silhouettes aperçues sur la crête tard le soir ; on parlait aussi du contremaître qui avait eu la frousse de sa vie ; et maintenant, c'était au tour du cheval de Jenna Hall qui avait pris le mors aux dents. Combien de temps encore Hunter et ses Revenants allaient-ils réussir à cacher leur existence ?

— Tu m'écoutes, Darina ? a résonné la voix de ma mère, me ramenant brutalement à l'instant présent. Tu es punie toute la journée d'aujourd'hui.

Typique des parents ! Ils s'allient contre leurs enfants en recourant au « nous », comme s'ils formaient une vaste armée défendant un empire alors que vous n'êtes qu'un pauvre fantassin isolé.

— Nous exigeons que tu ranges ta chambre, puis tu t'attaqueras à la cuisine. Nous voulons que tu déjeunes avec nous et que tu aies terminé tes devoirs avant le dîner. Compris ? Interdiction de quitter la maison.

Cela faisait combien d'années que Laura n'avait pas essayé ça avec moi ? En quel honneur pensait-elle soudain que ça fonctionnerait ? J'ai cependant préféré jouer profil bas pour le moment et endurer ma punition du jour, parce que j'avais besoin de réfléchir et de planifier mes actions futures.

Tout en passant rapidement l'aspirateur dans ma piaule, je me suis demandé s'il fallait que je suive les recommandations de Phœnix et que j'aille plutôt interroger Brandon Rohr. « Si ça tourne mal, m'avait-il en effet dit avant de filer avec Lee, va voir mon frère. »

Je vidais ma corbeille à papier dans un sac plastique quand j'ai décidé que cette solution ne m'aiderait en rien. Brandon parlerait à

Kyle, et je ne tenais pas à envenimer la situation. J'avais promis à Phœnix de ne pas m'approcher de Kyle : devais-je alors me rendre plutôt à Forest Lake, histoire d'y traquer Sable ?

En sortant la poubelle, j'ai opté pour cette alternative. Le châtiment d'Arizona nous obligeait à presser le mouvement. Bon, restait à dégoter l'adresse de Sable. Il suffirait peut-être que j'aille là-bas, que je prenne un café dans un bar et que je pose quelques questions inoffensives...

— Comment a réagi Mlle Jones ? s'est enquise Jordan le lendemain après les cours. Est-ce qu'elle t'a mise en pièces pour avoir laissé tomber les répétitions si peu de temps avant le concert ?

J'étais pressée de filer pour mettre en œuvre mon plan de Forest Lake.

— Elle m'a culpabilisée, ai-je ronchonné. Je m'en fiche, je n'avais pas envie de rester dans le groupe.

— Ce n'est pas moi qui te le reprocherai. Je sais à quel point c'est difficile pour toi, depuis... Phœnix.

— Merci.

« Arrête d'être sympa avec moi, Jordan ! La compassion me fait craquer. »

— Et je ne suis pas du tout d'accord avec Hannah, a-t-elle enchaîné.

« C'est déjà mieux. Fournis-moi une remarque sournoise et manipulatrice à laquelle me raccrocher. »

— Pourquoi ? Quelle est son opinion ? Je suis une mauviette pour abandonner comme ça ? Je ne pense qu'à moi ? C'était la moindre des choses de rendre cet hommage à Summer, et cetera ?

— Exact.

Au même instant, Hannah est sortie du bahut en compagnie de Logan. Bras dessus dessous, le petit couple parfait.

— Ça date de quand ? ai-je demandé à Jordan.

— En quoi ça t'intéresse ? Tu es jalouse ?

— Tu rigoles ?

J'ai regretté le ton de ma protestation, dans laquelle j'avais mis au moins dix points d'exclamation.

— Mouais, a soufflé Jordan en me libérant enfin.

Je me suis dirigée vers ma voiture en jetant un dernier coup d'œil à Logan et Hannah.

Cette dernière lui murmurait quelque chose à l'oreille. Il m'a regardée et a éclaté de rire. J'ai déguerpi.

Forest Lake était à une heure de route d'Ellerton. Le bled vivait sur son passé : chemin de fer à voie étroite, musée, rangée d'échoppes vendant des selles cousues main et des Stetson. Pourtant, les touristes étaient rares. En ce lundi après-midi, la rue principale était déserte. Je me suis garée et j'ai longé une boutique qui proposait des bijoux amérindiens et des cartes de vœux avant d'entrer dans l'unique restaurant de la ville. J'ai commandé un café et je me suis installée près de la vitrine. À présent que j'étais là, je me suis trouvée bête. N'ayant rien de mieux à faire, j'ai envoyé un texto à Laura pour lui raconter que j'étais chez Jordan, en train de faire mes devoirs.

Un vieil homme est venu acheter des beignets à emporter. Un chien blanc et marron maigrelet arpentait le trottoir. De temps en temps, un véhicule se rangeait sur le parking de l'épicerie, de l'autre côté de la rue.

— Vous voulez manger quelque chose avec votre café ? m'a demandé la serveuse depuis le comptoir.

— Non merci. En fait, je cherche Sable Jackson, mais j'ai oublié son adresse.

— Désolée, je ne la connais pas, a-t-elle répondu en essuyant le zinc. Nous avons bien une Sable, sauf qu'elle s'appelle Keppler.

— Mais oui bien sûr ! me suis-je exclamée avec un rire gêné. (Je me serais flanqué des gifles.) Elle a épousé Kyle l'an dernier. Je suis d'Ellerton. Je crois que je suis bonne pour retourner là-bas afin de récupérer ses coordonnées.

— Oh, inutile ! a-t-elle poursuivi en s'attaquant à la machine à expresso. Sa maison est juste derrière la grande rue, au numéro 505. Tournez à gauche au feu.

— Merci !

J'ai filé comme une flèche sans boire mon café. Sautant dans ma voiture, j'ai suivi les instructions de la serveuse et je me suis retrouvée dans une rue appelée White Eagle Road que j'ai remontée lentement, en quête du numéro 505.

Je ne m'attendais pas à un palace, mais la maison de Sable et Kyle était fort loin de ce que je m'étais imaginé. Une clôture en fil de fer barbelé emprisonnait deux bergers allemands qui défendaient une masure délabrée à la véranda cassée. Une poussette était renversée par terre, l'herbe envahissait le béton de la cour. Comme un couple discutait sur le perron, je ne me suis pas arrêtée.

Du peu que j'en avais vu, la femme avait la petite vingtaine. Ses cheveux noirs et raides lui tombaient au bas du dos. Elle portait un jean et un corsage blanc. Je me suis soudain rendu compte que c'était un double d'Arizona, en plus menu. L'homme, brun lui aussi, n'était pas Kyle Keppler.

En haut de la rue, j'ai fait demi-tour pour rebrousser chemin.

Sable et l'inconnu n'avaient pas bougé. Les chiens reniflaient les roues d'une Harley Softail garée près de la porte. Passant un bras autour de la taille de Sable, l'homme l'a embrassée. La conclusion s'imposait : comme Kyle l'avait trompée, elle lui était infidèle. Et le bébé, dans tout ça ? Et que se passerait-il quand le mari bafoué découvrirait le pot aux roses ?

Le mec est descendu de la véranda, a remis la poussette sur ses roues et a démarré la moto. Par-dessus le bruit du moteur, il a crié quelque chose à Sable. Trop occupée à espionner la scène, je n'ai pas remarqué la camionnette qui se rangeait devant le 505. Ce n'est que lorsque j'ai entendu claquer la portière que j'ai reporté mon attention sur le conducteur. C'était Kyle. Wouah ! Voilà que je me retrouvais en plein psychodrame ! « Ma femme a appris que je l'avais trompée et elle se venge ! »

J'ai guetté l'explosion qui n'allait pas manquer de se produire.

Kyle s'est emparé de son blouson en jean taché de graisse, a écarté un pan de fil barbelé et est entré dans la cour. Les deux chiens ont bondi dans sa direction. Il a salué le motard, s'est arrêté pour échanger quelques mots avec lui. Trop bizarre !

Soudain, il s'est tourné et a repéré ma décapotable rouge vif. Il lui a fallu une minute pour m'identifier, minute durant laquelle je me suis pétrifiée de peur. Enfin, il a compris : j'étais la gamine pénible qui lui avait rendu visite à Mike's Motors et l'avait cuisiné au sujet d'Arizona.

Pour un type de cette taille, il était rapide ! Il a foncé vers moi à toutes jambes, accompagné par les aboiements des clebs. J'ai enfoncé l'accélérateur juste au moment où il attrapait la poignée de ma portière. Un instant, il s'y est accroché, puis il a lâché prise, et j'ai filé dans un crissement de pneus. Dans le rétroviseur, j'ai vu le brun le rejoindre. Les chiens continuaient leur tohu-bohu, Sable réintégrait la maison. Moi, je suis retournée à Ellerton en enfreignant toutes les lois du Code de la route.

Je tremblais encore quand je suis arrivée chez moi. Laura et Jim n'étaient pas rentrés du boulot. J'avais la maison pour moi et plein de temps pour regretter ce que je venais de faire. J'ai erré de pièce en pièce en respirant profondément et en tentant de me persuader que Kyle ne m'avait pas reconnue.

— Darina ? a lancé Logan depuis la véranda en regardant par la fenêtre ouverte de la cuisine.

J'ai bondi de plus d'un mètre de haut.

— Ça t'amuse de me flanquer la frousse comme ça ? ai-je braillé.

— Je ne m'amuse pas. J'ai frappé, tu n'as pas répondu.

— Je n'en avais pas envie, si ça se trouve. Que veux-tu ?

— Te présenter mes excuses. Je t'ai donné l'impression de me moquer de toi, mais ce n'était pas du tout ça.

— Quand ? De quoi parles-tu ?

— Tout à l'heure, avec Hannah. J'y ai réfléchi après coup. Ce n'était pas ce que tu as cru.

— Parce que tu devines ce que je crois, maintenant ? ai-je soupiré, secrètement contente de sa visite. Allez, entre me raconter ça.

Il a dû se baisser pour éviter de se cogner au chambranle de la porte. Soudain, il a paru plus grand que dans mon souvenir et trop imposant pour nos chaises de cuisine en bois.

— Hannah désire peut-être... qu'elle et moi ayons l'air de ce que tu as vu, sauf que... ce n'est pas vrai.

— T'exprimerais-tu par énigmes, à présent ? ai-je demandé, histoire de le torturer un peu.

— Hannah et moi ne sommes pas ensemble, a-t-il annoncé après avoir respiré un bon coup. Elle m'a proposé d'aller au cinéma ce soir, j'ai refusé.

— Et il était nécessaire de m'en avertir ? me suis-je exclamée en feignant la surprise, pas encore prête à être sympa. Écoute, Logan, tu es libre d'aller au cinoche avec elle si tu veux.

Il a froncé les sourcils, s'est renversé sur sa chaise fragile, a levé les yeux au plafond.

— Je n'aime pas du tout nos relations, ces derniers temps, Darina. Depuis quand jouons-nous à ce genre de jeu, toi et moi ?

À mon tour, j'ai soupiré fortement. Sa façon de me regarder et la souffrance que reflétaient ses prunelles m'avait touchée.

— Depuis que je suis tombée amoureuse de Phœnix ? ai-je suggéré. Sérieux. C'est à partir de ce moment-là que les choses ont dérapé entre nous.

Lentement, Logan a laissé retomber les pieds de son siège.

— Tu as raison.

— Je ne peux rien pour toi. C'est arrivé. J'ai aimé, j'aime Phœnix par-dessus tout. Tu dois renoncer à moi.

Me penchant au-dessus de la table, j'ai effleuré sa main.

— Oublie-moi, Logan, et nous serons de nouveau amis.

J'ai eu le sentiment que nous avions avancé d'un tout petit pas dans la bonne direction lorsque Laura est rentrée et qu'il a filé.

— Logan m'a semblé triste, a-t-elle remarqué.

Elle était crevée, comme toujours après une journée de soldes au centre commercial.

— Nous le sommes tous, ai-je rétorqué.

Ce qui a suffi pour qu'elle la boucle.

Le lendemain matin tôt, Jim a répondu à un coup de fil en partant pour le travail.

— Darina ! a-t-il crié dans l'escalier. C'est le type aux fleurs, Peter Hall !

J'ai dévalé les marches deux à deux afin de prendre la communication.

— Allô ? C'est moi, Peter. Comment va Jenna ?

— Bien. C'est au sujet de Raven que j'appelle.

— Que s'est-il passé ? Où est-il ?

— C'est le problème, justement. Je viens d'arriver chez les Taylor, tu ne devinerais jamais l'ambiance. Frank et Allyson m'ont appris que l'école de Raven leur avait téléphoné. Le môme a disparu.

— Quand ? ai-je haleté.

— Aujourd'hui aux aurores ou très tard hier soir. Allyson est encore en ligne avec l'établissement pour tenter de déterminer quand il a été vu pour la dernière fois. Frank, lui, a déjà filé là-bas en voiture.

— Quelle galère !

— Oui, est convenu Peter, apparemment bouleversé. Il fallait que je te parle. Tu es la seule à qui j'ai pensé.

— Vous voudriez que je surveille le coin, des fois que Raven revienne à Ellerton ?

Difficile à imaginer, le gamin ne se débrouillerait jamais tout seul, mais j'ai promis de rester en alerte pour Peter.

— Et vous ? ai-je continué. Qu'allez-vous faire ? Une minute, inutile de répondre à cette question. Restez où vous êtes, j'arrive tout de suite. On causera.

Peter Hall m'a accueillie à la grille des Taylor et m'a vivement entraînée dans une annexe flanquant le corps de bâtiment principal.

— Pas la peine qu'ils sachent que tu es ici, a-t-il sobrement expliqué.

— Des nouvelles ? ai-je demandé en notant les outils de jardin, les pots et les fertilisants bien rangés. Ils ont localisé Raven ?

Des magazines étaient empilés avec soin sur une étagère, près d'un évier, d'une bouilloire et de tasses. Peter a secoué la tête et s'est efforcé de prendre une voix ferme.

— Ils pensent qu'il a fugué dans la nuit. Frank vient d'arriver à l'école et nous a appelés. Allyson est en train de s'entretenir avec la police du comté de Shepherd.

— Elle a l'intention de rejoindre Frank ?

— J'en doute. Elle est du genre à laisser les autorités travailler pendant qu'elle-même vaque à ses occupations. Elle fait confiance à son mari pour régler les problèmes à l'institution.

— Ce n'est pas à ça que je pensais. Pourquoi n'est-elle pas folle d'inquiétude, comme n'importe quelle mère à sa place le serait ?

— Elle ne ressemble pas aux autres mères. Et puis, ce n'est pas la première fois que Raven disparaît. Mais l'école ou les flics l'ont toujours retrouvé en quelques heures.

— Sauf que là, vous êtes moins certain que ça se passera comme ça, hein ?

Il a hésité avant de répondre.

— Il n'est jamais parti de nuit. Depuis la mort d'Arizona, il est de plus en plus étrange.

— Elle lui manque. Il n'a peut-être pas compris qu'elle ne reviendrait pas.

Peter me tournait le dos et regardait par la fenêtre. Il s'est raidi quand Allyson a ouvert la porte et est sortie.

— Ne te montre pas, m'a-t-il conseillé.

J'ai reculé dans un coin sombre. Un moteur a démarré, puis des pneus ont crissé sur le gravier de l'allée.

— Elle s'en va à la télé. C'est bon.

— Raven a donc fugué du temps où Arizona était encore vivante ?

— Des tas de fois. Arizona et ses parents se disputaient sans cesse à ce sujet. D'après elle, c'est qu'il n'était pas heureux là-bas, qu'il fallait le reprendre à la maison. Frank et Allyson ne l'écoutaient pas.

— Et de quel côté étiez-vous ?

— Je ne connais pas grand-chose à l'autisme, Darina, a-t-il plaidé en écartant les mains, paumes en l'air. Contrairement à Arizona, qui avait lu plein de livres et consulté Internet. Elle s'était même inscrite dans une association qui se battait pour proposer des traitements alternatifs de la maladie. Elle était persuadée de réussir à aider Raven. Lui comptait sur elle, et seulement sur elle. Son visage s'éclairait dès qu'il la voyait.

— Oui, ça ressemble bien à Arizona. Pas du style à rester assise sans bouger.

Peter avait vraiment besoin de décompresser. Je lui ai servi de déversoir.

— Elle détestait les traitements que l'école lui donnait. Elle avait lu quelque part qu'un autiste a besoin d'une ombre, de quelqu'un qui fasse le pont entre lui et le monde extérieur, qui soit là vingt-quatre heures sur vingt-quatre, sept jours sur sept, afin de lui permettre de donner un sens aux événements.

— Ne sommes-nous pas tous dans ce cas-là ? Ce qui est sûr, je le répète, c'est qu'Arizona ne faisait jamais les choses à moitié.

— Elle était prête à devenir l'ombre de Raven. Elle lui aurait sacrifié sa vie.

Peter s'est tu, bouleversé. Émue moi aussi, j'ai été incapable de trouver les mots nécessaires pour le réconforter.

— Comme le jour où elle est morte, a repris le jardinier. Allyson et Frank avaient des engagements professionnels, Raven était à l'école. Puis la directrice a téléphoné pour annoncer qu'il s'était sauvé.

— Comment a réagi Arizona ?

— Elle a pété un câble, elle a accusé son père, lui a dit qu'il devait reprendre Raven à la maison définitivement, quand bien même ça déplaisait à Allyson.

— Et où Raven était-il allé, cette fois ?

— Il était parti à la recherche de sa sœur, je crois. Malheureusement, elle a terminé au fond du lac Hartmann, et il ne l'a jamais retrouvée.

Pauvre gosse. Ça avait dû être brutal.

— Arizona avait porté sa voiture à réparer.

Les mots m'avaient échappé, et j'ai guetté l'instant où Hunter allait déclencher les battements d'ailes.

— C'est vrai. Comment es-tu au courant ?

— On me l'a dit. Je ne me rappelle plus qui. Où a-t-on localisé Raven, finalement ?

— En ville. Il errait dans le centre commercial à l'heure où les boutiques fermaient.

— Et personne ne sait où il avait passé la journée ?

— À ce moment-là, la nouvelle se répandait qu'on avait découvert un corps au lac Hartmann, a soupiré Peter. Nous étions trop préoccupés par les événements pour nous demander où le garçon avait bien pu se cacher.

— Je comprends.

Je réfléchissais à toute vitesse. Puisque Raven était parti en quête de sa sœur en ce jour horrible, était-il possible qu'il l'ait trouvée ? Si oui, cela avait-il eu un effet sur ce qui s'était produit ? Des dizaines de questions me venaient à l'esprit, sauf que je n'avais personne pour y répondre. Pas Raven, en tout cas. Arizona, peut-être. Il fallait que je fonce à la crête de Foxton.

— Je dois partir, ai-je annoncé à Peter. J'ai séché pour venir ici...

— Vas-y. Mais garde l'œil ouvert, des fois que tu aperçoives Raven, d'accord ? Et n'en parle à personne. J'aurai des ennuis si Frank et Allyson apprennent que je t'ai contactée.

— Pas de souci. Et vous, appelez-moi si... quand on l'aura localisé. Essayez de ne pas trop vous inquiéter, Peter. Raven finit toujours par réapparaître.

— Mais peut-être pas cette fois, a-t-il soufflé. J'ai une impression différente, ce coup-ci.

— Comment ça ?

— Bizarre. Effrayante. Comme si quelqu'un d'autre, quelque chose d'autre était impliqué. Je n'arrête pas de repenser à ces rumeurs à propos de fantômes qui hantent

Foxton. Je ne me laisse pas facilement intimider, d'ordinaire, ne t'y trompe pas. N'empêche, là...

— Taisez-vous, vous me flanquez les chocottes.

J'ai prétendu frissonner tout en lui donnant mon numéro de portable, puis j'ai quitté l'annexe et j'ai vivement redescendu l'allée. Arizona n'aurait pas... même elle n'aurait pas osé recourir à ses pouvoirs de zombie pour pousser son frère adoré à fuguer de son établissement...

De nouveau, je conduisais au-dessus de la vitesse autorisée. J'atteignais le carrefour de Turkey Shoot quand Phœnix et Arizona se sont matérialisés juste à côté de moi, à l'intérieur de la voiture. Deux halos de lumière flous qui, peu à peu, ont pris la forme de leurs silhouettes. J'ai été tellement surprise que j'ai failli heurter la barrière de sécurité centrale.

— Gare-toi, m'a dit Phœnix sans daigner me saluer ni m'adresser un sourire affectueux. Nous arrivons de Westra. Nous avons entendu ta conversation avec Peter.

Mes pneus ont mordu sur le bas-côté, soulevant un nuage de poussière et d'insectes. Depuis la banquette arrière, Arizona a répondu à ma question informulée :

— Je n'ai rien à voir avec tout ça, Darina. Raven a décidé seul de quitter l'école. Comme toujours.

Je me suis retournée. La nouvelle Arizona, l'authentique, n'avait plus rien en commun avec la déesse froide d'autrefois. Elle était affolée et décoiffée, angoissée par la disparition de son frère.

— Tu me jures que tu ne l'as pas incité à s'en aller ?

— Pourquoi aurais-je fait un truc pareil ?

— Parce que tu détestes cette institution, parce que tu voulais que tes parents le gardent avec eux.

Elle m'a dévisagée, déchiffrant mes pensées.

— C'était avant, a-t-elle fini par murmurer. Quand j'étais à la maison pour lui.

— OK. Désolée.

— Accompagne-nous, Darina, est intervenu Phœnix. Nous avons organisé une battue pour tenter de retrouver Raven. Tu seras notre lien avec l'autre versant.

— Par où commençons-nous ? ai-je demandé à Arizona, la mieux placée pour avoir une idée. Où va-t-il, d'habitude, quand il fugue ?

C'est cependant mon amoureux qui a répondu à sa place.

— Jamais très loin. Nous allons donc débuter par les alentours de l'école. Il y aura des flics, alors prudence.

— Tu m'indiques le chemin ?

— On retourne vers la ville, a expliqué Arizona d'une voix trop calme, trop distante, telle celle d'un robot, destinée à dissimuler son anxiété. Tu tourneras à gauche avant d'y arriver, pour emprunter Peak Road.

J'ai effectué ma manœuvre tout en réfléchissant à ce qu'elle venait de dire.

— Mais c'est la route du lac Hartmann ! me suis-je exclamée en frissonnant.

— Oui.

— Et ?

— Elle mène aussi au Lindsey Institute, à quinze minutes à pied des contreforts du pic d'Amos. Lorsqu'il fait beau, Raven aperçoit le lac depuis la fenêtre de sa chambre.

Nous sommes donc partis dans cette direction, moi et mes deux passagers revenus d'entre les morts. La tension est peu à peu montée dans l'habitacle. Phœnix était assis à côté de moi, ses cheveux bruns soulevés par le vent, regardant droit devant lui, à l'affût comme si le moindre rocher ou arbre que nous dépassions était susceptible de révéler une information sur l'enfant que nous traquions. Derrière nous, Arizona s'est tassée sur la banquette lorsque nous avons longé le lac, incapable de contempler l'endroit où elle s'était noyée.

— Te souviens-tu que Raven s'est également enfui le jour où c'est arrivé ? lui ai-je lancé. Peter croit qu'il te cherchait.

Elle a émis un son indiquant qu'elle m'avait entendue, mais si ténu qu'il a failli m'échapper.

— T'a-t-il trouvée ? ai-je persisté en surveillant sa réaction dans le rétroviseur.

Elle a fermé les yeux, ses lèvres ont à peine remué.

— Après m'être disputée avec mon père, je me suis rendue à Mike's Motors. Raven n'aurait pas su que j'étais là-bas. Pour autant que je me rappelle, nous ne nous sommes pas croisés.

J'ai vérifié d'un coup d'œil en direction de mon voisin qu'elle ne mentait pas. Il me l'a confirmé d'un très léger hochement de tête.

— Explique-moi un peu, Mister Zombie, lui ai-je lancé. Comment se fait-il que tout ce qui touche... « l'événement » soit flou ? Toi et Summer avez également oublié ce qui s'est produit.

Jonas aussi, lorsqu'il était revenu des limbes grâce à son suzerain, le tout-puissant Hunter. Son souvenir de l'accident qui l'avait tué avait été effacé.

— Nous avons oublié les détails, en effet. D'après Hunter, c'est une conséquence du traumatisme subi. Comme si le cerveau était sens dessus dessous. Nous avons un tout petit peu de mémoire de ce qui est arrivé, une odeur, une couleur, mais l'essentiel s'est volatilisé. D'où notre présence ici. Nous devons raviver la réalité et la réparer afin de nous libérer.

— Tant que nous n'y sommes pas parvenus, nous sommes coincés, a enchaîné Arizona avec amertume. Dans cet endroit qui n'en est pas un, morts mais pas en paix, ici sans être là, incapables de faire confiance à qui que ce soit ou de goûter un instant de repos. Tu n'as pas idée de ce à quoi ça ressemble, Darina.

Une bourrasque a soudain frappé le pare-brise, nous emprisonnant dans un tourbillon de poussière. J'ai cligné des paupières en m'efforçant de garder le contrôle de la voiture. Droit devant s'élevait le pic d'Amos, bleu-gris et déjà enneigé à son sommet.

— C'est vrai, je ne me le représente pas. Mais, comme toi, Arizona, plus j'avance, moins j'ai confiance dans les gens.

L'établissement de Raven, un ensemble de chalets construits autour d'un étang, portait le nom de son fondateur, Lindsey, qui l'avait inauguré dans les années soixante. À notre arrivée, vers midi, au lieu de voir une foule de policiers, nous ne sommes tombés que sur une voiture de shérif garée près de l'entrée principale, celle d'un vaste bâtiment aux allures de ranch, et la Mitsubishi rouge de Frank Taylor.

— Ils ont tout mis en œuvre pour le retrouver, ça semble évident, a ironisé Arizona avec aigreur.

Je me suis arrêtée à l'extérieur de la grille, d'où nous avions une vue sur l'école.

— Au moins, Darina pourra fureter plus facilement, a tempéré Phœnix. Les mômes doivent loger dans les chalets. Qu'en est-il du grand bâtiment ?

— C'est là qu'ils ont cours, qu'ils suivent leur thérapie, qu'ils reçoivent la visite de leur famille, a expliqué Arizona, dont la souffrance se lisait sur le visage à l'évocation de ces souvenirs. L'ensemble a l'air sympa, mais c'est une véritable prison.

— OK, je vais où, d'abord ? ai-je demandé en descendant de voiture.

J'ai cherché des yeux une entrée secondaire que je pouvais rejoindre à pied. J'ai repéré un sentier étroit à travers des buissons.

— Et si je rencontre quelqu'un, quelle est mon excuse ? ai-je ajouté.

— Tu es maligne, tu trouveras bien quelque chose, a riposté Arizona avant de soupirer. Excuse-moi, Darina. Oublie ce que je viens de dire. Les employés ne ressemblent en rien à des soignants ordinaires, ici. Ils sont en jean et en baskets, même la directrice, Rebecca Davis, une fille mince aux boucles blondes. Mais gare à toi si tu la croises, ne te laisse pas abuser par son apparence.

— Elle risque d'être avec Frank et le shérif, a suggéré Phœnix. Commence par contourner le ranch. Si on te pose des questions, tu es une touriste qui s'est perdue après avoir quitté le lac Hartmann.

— D'habitude, Raven ne s'éloigne pas trop de l'école, a poursuivi Arizona. S'il est sûr qu'il doit en partir, il ignore où aller. Du coup, il traîne dans la pinède ou va s'asseoir au bord du lac. Ou alors, il longe le torrent jusque chez les Poole, à un kilomètre et demi en aval environ. Il ne va jamais plus loin.

— Nous nous chargeons du ruisseau, a décrété mon amoureux. Toi, Darina, tu cherches près de l'institut.

— Je parie sur votre réussite, ai-je murmuré avec un sourire. Vu que vous percevez le frou-frou d'une feuille qui tombe...

Pas trop inquiète mais désireuse d'éviter Frank Taylor et Rebecca Davis, j'ai descendu le coteau. Si jamais je tombais sur eux, j'allais être obligée de recourir à mon imagination. J'avais parcouru la moitié du chemin quand la porte principale s'est ouverte sur une blonde et un type en uniforme – le shérif du coin. Je me suis planquée derrière un rocher en attendant qu'ils terminent leur conversation. J'en ai profité pour examiner un parking situé plus bas, derrière le bâtiment, sans doute celui où les employés se garaient et où s'effectuaient les livraisons. Un gars travaillant aux cuisines a surgi avec un sac qu'il est allé jeter dans les containers des poubelles. Au lieu de rentrer, il s'est planté là, bras croisés, et a observé le ciel.

« File ! lui ai-je mentalement ordonné. Je suis coincée, si tu restes ici ! »

Enfin, le type a renoncé à rêvasser et est retourné bosser. Je me suis faufilée sur le flanc de la colline jusqu'à me retrouver à cent mètres du parking. Là, j'ai eu une nouvelle frayeur, car le shérif avait entamé une ronde à bord de sa voiture de patrouille. À mi-chemin de la pente, il s'est arrêté pour sortir du véhicule. Cessant presque de respirer, je me suis baissée derrière un autre rocher et j'ai dû patienter encore une fois. Appuyé à sa bagnole, le shérif parlait dans son talkie-walkie en prenant tout son temps. Sa voix m'est parvenue distinctement, malgré la distance.

— Tu me reçois, Wes ? Oui, c'est le même gamin. Raven Taylor. Sa disparition a été constatée ce matin au petit déjeuner. À toi.

Après un silence, il a repris :

— Le père est ici. Rebecca a demandé à son équipe de fouiller les environs. Sans résultat. À toi.

Laissant le flic décider de ce qu'il convenait de faire maintenant, j'ai continué à descendre vers le parking, jusqu'à une immense poubelle en métal qui m'offrirait une bonne planque. Pas un instant, je ne pensais être celle qui découvrirait le fugueur. Je me faufilais entre une Jeep noir et un 4 × 4 argenté quand j'ai perçu le premier son.

Il émanait de la voiture, faible tapotement qui s'est interrompu pour aussitôt recommencer, comme si quelqu'un, dans l'habitacle, s'amusait à frapper une surface métallique avec un petit objet. J'ai retenu mon souffle. Que faire ? Si je surgissais brusquement pour jeter un coup d'œil, qu'allait penser celui ou celle qui était à l'intérieur ? Si je m'éloignais en douce, je risquais de rater quelque chose.

Le bruit a de nouveau résonné, je me suis redressée.

D'abord, j'ai cru m'être trompée. La voiture était vide. Puis j'ai regardé plus attentivement et j'ai tendu l'oreille. Le tapotement venait de l'arrière, du coffre séparé de la banquette par une grille. Contournant le véhicule, j'ai plaqué mon nez contre la lunette.

Raven était assis en tailleur, un livre ouvert sur les genoux, son carnet à dessins à côté de lui. Il se balançait d'avant en arrière, perdu dans son propre univers, et jouait avec son crayon contre la grille. Sans réfléchir, j'ai ouvert le coffre. Le gamin n'a pas cessé pour autant de se balancer ou de taper. La page de son bouquin était une reproduction des fameuses Marilyn de Warhol, toutes en jaune et orange soleil, en cheveux mauves et lèvres d'un rouge flamboyant.

— Salut, Raven ! ai-je murmuré.

Aucune réaction particulière.

— Qu'est-ce que tu fabriques ici ?

Il a fait courir son crayon le long du grillage, comme un pianiste ses doigts sur le clavier. Son carnet était couvert de petites esquisses complexes représentant sa maison de Westra.

— Tes dessins me plaisent, ai-je continué.

Il a alors levé les yeux vers moi. J'ai tendu la main, il s'en est emparé.

Naturellement, Phœnix et Arizona ont tout de suite su que j'avais découvert Raven. Ils se sont matérialisés sur le parking en un éclair, en prenant soin cependant de ne pas se montrer, tandis que j'aidais l'enfant à sortir de sa cachette.

— Et j'adore ces tableaux aussi, ai-je ajouté alors qu'il m'autorisait à lui prendre son livre. N'oublie pas ton carnet. Allons manger.

Il a plissé le front, s'est figé sur place et a contemplé le 4 × 4. Chacun de ses mouvements était lent et un peu maladroit. J'ai pensé à une de ces marionnettes à fils d'autrefois.

— Tu préfères rester ici ? D'accord.

Pourquoi avait-il choisi de se réfugier dans ce véhicule-là ? Soudain, ça m'a frappée : c'était le même modèle que celui d'Arizona, de la même couleur qui plus est.

— J'aime bien cette voiture, elle est cool.

Pauvre gosse ! Le seul endroit où il se sentait en sécurité était le 4 × 4 d'un inconnu, et il croyait que sa sœur allait bientôt venir le chercher. Du coin de l'œil, j'ai vu Phœnix attraper la main d'Arizona et la serrer fort.

— Si tu n'as pas faim, as-tu envie que nous rejoignions ton papa ? Il est ici en visite.

Pas de réponse : ni réticence ni désir, rien qu'un grand vide.

Arizona a avancé, Phœnix l'a retenue. Si elle se montrait, les *Beautiful Dead* seraient obligés d'effacer la mémoire déjà si endommagée de Raven. Bon sang ! Reculer n'a pas été facile pour elle. Elle ne souhaitait qu'une chose, enlacer son frère, l'étreindre, le rassurer. Or, elle n'en avait pas le droit.

— Il faut que tu partes, lui a conseillé Phœnix.

D'une main, elle s'est caché les yeux, de l'autre elle a pressé sa tempe tout en s'efforçant de contenir ses sanglots.

— Éloigne-toi avant de craquer, a-t-il insisté. Je m'occupe de tout.

Elle a fait un pas timide en direction de son frère, a hésité.

— Viens avec moi voir ton père, ai-je répété à Raven tout en tapotant la couverture du livre pour l'inciter à me suivre. Viens.

— File, Arizona ! a chuchoté mon petit ami.

Elle a fini par céder. Elle s'est évaporée quand j'ai commencé à contourner le ranch avec Raven. Le halo étincelant s'est rapidement dissipé, et Phœnix est resté seul.

— Veille à le remettre aux mains de Rebecca Davis, m'a-t-il recommandé.

De notre trio de sauveurs, il était le plus calme et le plus fort.

— Parle-moi de tes tableaux préférés, ai-je lancé au môme en tâchant de dissimuler les trémolos de ma voix. Est-ce les Marilyn ou les boîtes de soupe ?

7

— As-tu vu Frank Taylor ? m'a demandé Phœnix.

Au volant de ma décapotable, il nous ramenait au lac Hartmann. J'avais remis Raven aux mains de la directrice en inventant une pauvre excuse avant de décamper. J'avais prétendu avoir trouvé le gamin dans la forêt et m'être dit qu'il appartenait à l'institution. Quelle expression avait alors prise le môme ! « Blessé », « perdu » recouvrent à peine la réalité. Il avait cru que lui et moi étions deux copains fans de Marilyn jaunes, rouges, mauves et vertes, et voilà que je le renvoyais au milieu de gens grisâtres.

— Alors ? s'est impatienté Phœnix.

— Euh, non. Par bonheur, il n'était pas dans le coin.

Il fallait que je cesse de m'apitoyer sur le sort de Raven afin de me concentrer sur l'étape suivante.

— Je me suis tirée le plus vite possible pour éviter les questions gênantes, me suis-je justifiée.

— Bien, a approuvé mon chéri.

— À quoi cela peut-il bien ressembler d'être Raven ? me suis-je interrogée à voix haute. Ne pas parler, ne pas comprendre les autres, vivre à l'intérieur d'une bulle. Une sacrée solitude, à mon avis. Tu imagines tout ce que le gosse pourrait nous apprendre s'il daignait ouvrir la bouche ? Par exemple, où il était le matin où Arizona s'est noyée, qui il a vu et comment il a fini par atterrir au centre commercial.

Mon chauffeur m'a jeté un coup d'œil en biais.

— Tu veux que je te dise un truc étrange ? a-t-il murmuré. Tout à l'heure, sur le parking, j'ai essayé de lire dans les pensées de Raven et je n'y suis pas arrivé.

— Ah bon ? me suis-je étonnée, tant ses pouvoirs et ceux des Revenants étaient puissants. Comment l'expliques-tu ?

— Il n'y avait rien à capter, juste un enchevêtrement indéchiffrable.

— Tu as peut-être manqué de temps ? ai-je suggéré. Et puis, Arizona passait un sale quart d'heure. Ça t'a sans doute perturbé.

— Non. Le cerveau de l'enfant fonctionne différemment, j'ai été infichu d'en percer le secret.

Nous avons roulé en silence, tandis que le soleil automnal se reflétait sur les eaux vertes et claires. Sur la berge opposée, un cerf esseulé s'abreuvait. Phœnix a relancé la conversation au moment où nous avons rejoint la route pour la ville.

— J'ai des nouvelles au sujet des milices. Tu te souviens, les types qui cherchaient les ennuis ce week-end ?

— Les campeurs de Government Bridge ?

— Oui. Eh bien, figure-toi que Kyle Keppler était parmi eux, avec ses potes de Forest Lake.

— Ce gars n'augure rien de bon, ai-je gémi. Je suis allée là-bas hier, à propos.

— Je sais, oui. Alors que je t'avais priée de ne pas t'approcher de lui.

— J'ignorais qu'il serait là-bas.

— Tu ne devrais fréquenter ni ce mec ni l'endroit où il vit, Darina.

— Tu m'écoutes, oui ou non ? Je pensais qu'il bosserait à l'atelier. Il fallait que je parle à Sable. Est-ce qu'elle était au courant de l'aventure de Kyle avec Arizona ? Et si oui, comment avait-elle réagi ?

— C'est dangereux, a persisté Phœnix en serrant les mâchoires et en prenant un virage trop vite, ce qui m'a projetée contre lui.

Je me suis redressée et j'ai décidé de me taire. Un autre long silence a suivi.

— OK, je fais tout de travers ! ai-je cependant fini par exploser. Arizona affirmait que j'étais trop idiote pour vous aider. Tu partages son opinion, maintenant !

— Je n'ai jamais dit ça, a-t-il plaidé en se garant sur un chemin de traverse, près d'un champ jaune avec, au loin, une grange. Je m'inquiète pour toi, c'est tout.

— Inutile, ai-je protesté sans pour autant le tromper. Bon, d'accord, tu es inquiet, merci.

Je lui ai souri avant de l'embrasser. Il a poussé un petit soupir triste.

— Tout cela, le chagrin, les doutes, t'arrive par ma faute. Je regrette d'être obligé de me comporter ainsi.

— Je ne supporterais pas qu'il en aille autrement. (Je tenais à ce qu'il en prenne conscience.) Chaque instant que nous passons ensemble est un cadeau. Je me fiche du prix à payer.

Il m'a dévisagée, auréolé par les longues herbes dorées qui poussaient sur les contreforts des montagnes, derrière sa tête, ses beaux yeux bleus luisant.

— Prends soin de toi pour moi, a-t-il soufflé avant de déposer un doux baiser sur mes lèvres. Et laisse-moi me biler, compris ?

— Compris, ai-je cédé, rieuse.

— Et tu es tout sauf idiote.

— Vrai de vrai ? ai-je demandé en le fixant.

— Crois-moi, oui. Je t'aime, Darina.

Dc nouveau, il m'a embrassée.

— Mais ?

— Pas de mais.

— Nous ne venons pas de nous disputer pour la énième fois ?

Me penchant vers lui, je l'ai embrassé à mon tour. J'avais la sensation magnifique et douloureuse d'être plus proche de lui que n'importe qui ne l'avait été, ne le serait jamais.

— Fais attention à toi, m'a-t-il recommandé.

Il est descendu de voiture, m'indiquant par là qu'il voulait que je reprenne le volant et que je regagne Ellerton.

— Je t'aime, ai-je lancé du bout des lèvres.

— Moi aussi, a-t-il répondu.

Le cœur léger, je l'ai observé dans le rétroviseur le plus longtemps possible, debout jambes écartées et pouces dans les montants de sa ceinture, me regardant m'éloigner.

Quelques minutes plus tard, j'ai regretté qu'il ne soit plus avec moi. L'incident a débuté avec l'arrivée d'une camionnette derrière moi, qui m'a doublée dans un virage.

— Chauffard ! ai-je crié en freinant à mort pour le laisser passer. Qu'est-ce qui te prend ?

Une fois devant moi, le type a brusquement ralenti, ses feux s'allumant en rouge dans l'ombre de la pinède que nous traversions. Derechef, j'ai écrasé ma pédale de frein, sans me gêner pour jurer. Jusqu'à ce que je reconnaisse l'homme accoudé à la vitre passager comme le motard brun de la veille, celui qui avait salué Sable avec un peu trop d'entrain. J'ai eu l'impression de recevoir un coup de coude dans le ventre. Je me suis rangée sur le bas-côté en priant pour que le véhicule disparaisse.

Je n'ai pas eu cette chance. Le chauffeur a exécuté un tête-à-queue spectaculaire sur la route étroite avant de revenir vers moi. Kyle Keppler en personne tenait le volant. Son copain se penchait à la portière en braillant des insultes. La fourgonnette s'est arrêtée, et je me suis raidie dans l'attente de la confrontation.

Kyle et sa brute de copain ont quitté leur véhicule et se sont lentement approchés. Le motard s'est arrêté à environ trois mètres de ma décapotable, alors que le mécanicien venait jusqu'à moi.

— C'est là que la chance te lâche, ma poule ! a-t-il ricané. On m'échappe une fois, jamais deux.

— Qu'est-ce que j'ai fait ? ai-je objecté.

Mon pouls battait comme un fou. J'ai jeté un coup d'œil dans le rétroviseur, avec l'espoir d'y distinguer encore Phœnix. Kyle n'était pas d'humeur à discuter. Abattant son poing sur le pare-brise, il a ouvert la portière et m'a arrachée à mon siège. J'ai eu beau me débattre, il était plus fort que moi. Il m'a soulevée comme si je ne pesais qu'une plume et m'a lancée dans les buissons qui poussaient au bord de la route. Titubant, j'ai reculé contre la surface rugueuse d'un bloc de granit.

— Chouette bagnole ! a crié son comparse.

Je me suis alors rendu compte qu'il était armé d'une barre d'acier.

— Ça va vraiment être dommage ! a-t-il ajouté.

Mon cœur paraissait s'être échappé de ma cage thoracique pour remonter dans ma gorge, la trouille m'étouffait. Kyle a adressé un signe à son ami, qui l'a rejoint. La seconde d'après, la barre métallique a fracassé mon capot.

— Ça pourrait être ton crâne, a grondé Kyle en me plaquant contre le rocher.

J'avais conscience que mes jambes allaient se dérober sous moi. Je commençais à glisser vers le sol quand, soudain, tout a changé. Phœnix a surgi de nulle part, dans un halo. Il a décoché un coup de poing à Keppler qui, l'ayant vu à temps, s'est cependant baissé et a esquivé. Son complice lui a alors lancé son arme, qu'il a rattrapé au vol.

Il paraît que la terreur amène certaines personnes à hurler. J'ai découvert que, moi, elle me rendait muette. Keppler maniait la barre comme une batte de base-ball. Il a tenté une attaque en direction de la tête de Phœnix.

— D'où est-ce qu'il débarque, celui-là ? a beuglé le motard.

Accroupi derrière mon amoureux comme un défenseur de rugby, il tentait de le coincer contre le remblai. L'acier n'a raté que de quelques centimètres le visage de Phœnix. Ce dernier a plongé en avant et, d'un coup de boule, a obligé Keppler à reculer vers moi en chancelant.

— Tirez-vous ! a-t-il averti les deux voyous.

Kyle a soulevé la barre et a fouetté l'air à deux reprises en geignant, manquant chaque fois son but, trop lent pour atteindre Phœnix, qui se déplaçait avec agilité de droite à gauche. Malheureusement, le combat était inégal, à deux contre un. J'ai deviné que le motard s'apprêtait à faire un croche-pied à Phœnix et à l'immobiliser par terre, laissant ainsi à Kyle l'occasion de le frapper de toute sa hauteur avec son arme. Retrouvant brusquement ma voix, j'ai poussé un cri d'alarme.

D'une main, il a stoppé la barre en plein vol, tandis que de l'autre il rejetait le brun en arrière, avec une telle force que l'affreux a glissé et roulé en partie sous ma voiture.

À présent qu'il était libéré du second couteau, Phœnix a focalisé toute sa puissance de zombie sur Keppler. Lui arrachant la matraque, il s'en est servi pour l'obliger à reculer contre les rochers. Puis il l'a appuyée contre sa gorge, le forçant à s'incliner, la nuque en arrière, cependant que ses yeux se mettaient à rouler dans leurs orbites. De mon côté, j'ai piétiné les mains du voyou numéro deux qui tentait de ramper de sous mon châssis.

— Ne t'attaque plus jamais à Darina ! a grommelé mon amoureux, son visage à deux centimètres de celui, tordu, de Kyle. Tu lèves un doigt sur elle, tu es mort.

Sur ce, il a balancé la barre de fortune dans les fourrés avant de cogner Keppler au menton. Mon agresseur est allé rejoindre son pote par terre.

— Tu mériterais que je te tue, a grondé Phœnix.

— Du calme ! l'ai-je supplié.

« Plus de bagarres, plus de lames surgies à l'improviste ! »

Malheureusement, les rustauds ont profité de notre bref échange pour récupérer et revenir à la charge. Cette fois, je me suis carrément époumonée. Arrêtant le poing de Keppler, Phœnix l'a expédié contre le motard. Tous deux se sont écrasés contre ma voiture, pareils à des fétus de paille.

— Bon, ça suffit, a-t-il ensuite décrété. Vous allez souffrir, les gars.

Il les a fixés droit dans les yeux, le complice en premier, puis Keppler, déclenchant son arme de destruction massive de leur mémoire. Un vent brusque et violent a soulevé la poussière, les ailes ont commencé à battre par millions. Des hordes d'âmes mortes ont déferlé en provenance des limbes, effaçant les souvenirs immédiats de ceux à qui on les envoyait, laissant leurs victimes pantelantes et vidées, incapables de se rappeler ce qui diable avait pu se produire et comment elles s'étaient retrouvées allongées dans la poussière et couvertes de bleus.

Kyle a d'abord tenté de résister et a essayé de se jeter sur Phœnix, mais mon chéri de *Beautiful Dead* a tenu bon, le fusillant d'un regard qui transperçait son cerveau comme un laser. Kyle a titubé en arrière, a heurté son ami, et tous deux se sont de nouveau effondrés. D'innombrables ailes ont projeté de la poussière très haut dans le ciel, cependant qu'un Phœnix victorieux dominait ses adversaires.

— Brandon s'occupera de faire réparer ta voiture, m'a promis Phœnix.

Nous avons été obligés de la laisser sur place et de regagner la ville à pied avant que Keppler et son comparse ne reprennent connaissance. J'étais encore sous le choc de ce qui venait de se passer et j'avais du mal à réfléchir.

— Logan s'en chargera, ai-je objecté. Il suffira que je lui demande, ainsi qu'à Christian, ils seront ravis.

— Non, Brandon, a insisté mon petit copain. Explique-lui où elle est. Il enverra une dépanneuse.

— Alors, qu'il évite Mike's Motors, ai-je plaisanté. Bon, d'accord, ce n'est pas drôle, j'en conviens. Et avant que tu me fasses remarquer que tu m'avais prévenue, pour Keppler, je l'admets : tu avais raison.

— C'est une brute.

Nous avancions lentement sur le bas-côté défoncé. Il n'y avait pas un chat alentour. Les âmes mortes avaient remballé leurs ailes et étaient retournées à ce qui leur servait de foyer.

— Raconte-moi ce que tu sais sur lui, hormis son lien avec Arizona.

Phœnix a enfoncé ses mains dans ses poches avant de lâcher sa petite bombe.

— Le gars qui l'accompagnait, c'est Jon Jackson, le frère de Sable.

— Quoi ?

Cette éventualité ne m'avait pas du tout traversé l'esprit quand j'avais surpris leur étreinte et que je m'étais fait un film. Encore une bonne illustration de ma triste tendance à foncer droit devant sans y réfléchir à deux fois.

— Jon était à Government Bridge avec Kyle et deux autres types. Ils traînent souvent ensemble.

— Pas Brandon ?

Autant savoir ce qu'il en allait de ce côté-là.

— Si, parfois, a reconnu Phœnix à contrecœur. Écoute, je ne suis pas responsable des copains que fréquente mon frangin.

Désarçonnée par sa réaction, j'ai médité un instant.

— OK, je pige, ai-je fini par commenter. Tu ne souhaites pas impliquer Brandon, parce que Kyle n'est pas quelqu'un de recommandable, et tu n'as pas envie que j'assimile ton frère à ce type-là. C'est ça ?

Pour seule réponse, il a brièvement hoché le menton. J'ai pressé le pas pour le rattraper.

— Qui plus est, Kyle et Jackson étaient présents le... ce soir-là !

Cette révélation m'a abasourdie. Les deux sauvages étaient membres de la bande qui s'était rassemblée à la station-service, lors de la bagarre qui avait coûté la vie à Phœnix.

— Ils ont participé à ce qui s'est passé ? me suis-je exclamée.

Il a secoué la tête.

— Ça signifie quoi, ça ? Oui ou non ? me suis-je énervée en le retenant par la main. Regarde-moi et dis-moi la vérité.

— Ils étaient bien là, a-t-il reconnu. Avec une vingtaine d'autres gars. Mais inutile de perdre du temps là-dessus pour l'instant. Rappelle-toi, l'urgence, c'est Arizona.

— Bon sang ! Comment pouvait-elle seulement apprécier ce mec ?

Nous arrivions en vue des premières maisons sur Peak Road.

— Elle l'*aimait,* m'a-t-il corrigée. Ce n'est pas tout à fait pareil.

— Et maintenant ? Est-ce que je retourne voir Sable pour lui parler seule à seule ?

— Pas question.

— Il ne nous reste plus que trois jours. Tu préfères que j'aborde le sujet de Raven avec les Taylor ? Que je les force à cracher le morceau quant à leurs petits secrets de famille crapoteux ?

— Ce serait déjà mieux.

Nous avons ralenti. Il fallait que Phœnix me quitte, à présent que nous avions regagné la civilisation.

— C'est peut-être ça, le scénario, ai-je repris. Arizona se dispute constamment avec ses parents, surtout avec sa belle-mère. Elle veut que Raven rentre à la maison afin d'être là pour lui, de devenir son ombre, ce dont il a besoin d'après elle.

— Non seulement elle se dispute avec Allyson, mais elle se bat avec elle, a-t-il opiné en poursuivant mon raisonnement. Ça tourne mal, la famille se délite. Frank est trop mou pour l'empêcher.

— Or, tu connais Arizona. Quand elle est persuadée d'avoir raison, elle n'est pas du genre à renoncer. Allyson non plus. Deux forces inébranlables qui s'affrontent, ça se termine forcément par un drame.

— C'est une possibilité, a-t-il admis d'une voix si ténue que j'ai eu du mal à l'entendre.

— Oui ! me suis-je emballée de mon côté. Jusqu'à quel point Allyson manque-t-elle de sensibilité ? Voilà une mère qui continue à aller bosser alors que son fils autiste a fugué de son institution. On lit des choses dans les journaux sur les génitrices indifférentes, sauf qu'on ne s'attend jamais à en rencontrer une. Si ça se trouve, Allyson est une véritable Carabosse !

— Elle et Arizona se disputent au lac Hartmann. Arizona est partie à la recherche de son frère. Sa belle-mère la suit...

— Et l'accuse de savoir où il est, lui balance que tout est sa faute, qu'elle est une dingue qui cache Raven...

— Elles en viennent aux mains, un accident se produit. Arizona dérape et tombe...

J'opinais avec vigueur tout en l'écoutant. Ça pouvait être la clef du mystère. Nous nous rapprochions de la vérité, trois jours avant la fin du délai imparti.

— Sauf qu'Arizona était bonne nageuse, m'a cependant refroidie Phœnix. Elle a remporté des concours de natation.

Il m'en fallait plus pour renoncer à épingler Carabosse.

— Imagine qu'elle se soit cogné la tête ? Inconsciente, elle a coulé comme une pierre.

Je me suis arrêtée quand le bas-côté s'est transformé en trottoir digne de ce nom.

— N'avance pas plus, ai-je conseillé à mon amoureux.

— Tu veux que je m'en aille ? a-t-il rétorqué avec son sourire narquois.

— Si tu continues, Hunter le saura. Il faut que tu rentres à Foxton.

Je l'ai repoussé, il s'est emparé de mes mains.

— File ! ai-je soufflé.

Nous avons échangé un long baiser avant qu'il accepte de reculer.

— Tu ne devineras jamais ! s'est-il esclaffé avant de s'interrompre, comme gêné.

— Quoi ? Attention, une voiture arrive !

En effet, un bruit de moteur résonnait au loin.

— Hunter me donne la permission de rester.

— Avec moi ?

— Kyle Keppler ne s'en tiendra pas là. Hunter m'ordonne de jouer au garde du corps.

— Toute la journée ? me suis-je écriée, à la fois stupéfaite et ravie.

— Et cette nuit, a précisé Phœnix en m'enlaçant et en m'entraînant derrière un panneau publicitaire, hors de vue de la voiture qui approchait.

Phœnix était dans ma chambre, assis sur mon lit. Il m'attendait. Nous nous étions quittés dans les faubourgs de la ville, et j'étais rentrée seule à la maison. Malgré un saut à Foxton pour s'entretenir avec les *Beautiful Dead* et leur suzerain, il m'y avait devancée.

— Tu dois parler de ta voiture à Brandon, m'a-t-il rappelé, toujours aussi raisonnable.

— Demain, ai-je objecté, peu désireuse de gâcher une seconde de l'intimité qui nous avait été accordée.

— Non, tout de suite. Ils ont annoncé de la pluie. Téléphone-lui pour qu'il la fasse remorquer.

En soupirant, j'ai attrapé mon portable. Brandon a répondu immédiatement.

— Quoi de neuf, Darina ?

— Juste un souci de bagnole.

— Tu l'as bousillée ? a-t-il aussitôt conclu avec amusement.

— *On* l'a bousillée. Ton pote Kyle Keppler m'a obligée à m'arrêter, et son beau-frère a joué de la barre de fer dessus.

— En quel honneur ? a répliqué Brandon, dont le ton avait brusquement changé pour devenir soupçonneux.

J'ai jeté un coup d'œil à Phœnix qui s'était posté près de la fenêtre.

— Kyle ne m'apprécie pas, c'est tout ce que je peux dire.

— Ça doit aller plus loin que ça pour qu'il détruise ta caisse. Ils t'ont fait du mal ?

— Non, je vais bien, ce qui n'est pas le cas de la voiture. J'espérais que tu pourrais appeler une dépanneuse pour l'emmener au garage.

Il n'a pas hésité.

— Tu es chez toi ? Je passe te prendre, et tu me montreras où elle est.

J'ai raccroché, pas très heureuse.

— Qu'est-ce que je raconte à ton frère ? ai-je lancé.

— Que ça a un lien avec Arizona. Une demi-vérité suffira. Brandon était au courant, pour elle et Kyle.

— Entendu. Il en déduira que Kyle s'est fâché parce que je me mêlais de sa vie privée. Il connaît le tempérament colérique de son copain.

— De toute façon, Brandon ne posera pas de questions. Il m'a promis de veiller sur toi, il s'y tiendra.

Brandon avait accepté de devenir mon protecteur alors que Phœnix poussait son dernier souffle entre ses bras.

— Suis-je vraiment obligée de retourner là-bas avec lui ? ai-je pleurniché en nouant mes mains autour de la nuque de Phœnix. Je n'ai qu'une envie, c'est rester avec toi.

Il a souri et a entrepris de peaufiner l'aspect physique de notre relation jusqu'à ce que le rugissement sourd de la Harley de son frère ne nous interrompe.

— Vas-y, m'a soufflé Phœnix. Je serai ici quand tu reviendras.

À califourchon derrière Brandon, j'utilisais son large dos pour me garantir du vent de la course. Les franges de son blouson venaient frapper mes bras. Des nuages annonciateurs de pluie s'amoncelaient au-dessus de la route, comme l'avait prédit Phœnix.

Une fois sur place, Brandon a freiné et a traversé la chaussée. Nous sommes descendus de la Dyna et avons lentement fait le tour de ma voiture.

— Ce sont Kyle et Jon les responsables ? m'a redemandé Brandon. Ils ont pété un plomb !

La barre avait sacrément enfoncé le capot. Le pare-brise était brisé, et un des rétroviseurs extérieurs pendouillait.

— Oui, ils m'ont flanqué la frousse.

Il a plissé les yeux, furieux.

— Bon, je ne veux pas en savoir plus, a-t-il cependant conclu.

Prendre des airs d'innocente sans défense n'est pas une tâche facile, pour moi. Mon haussement d'épaules ne m'aurait certainement pas valu un Oscar.

— OK, je m'en occupe, Darina. Quand tu récupéreras ta voiture, elle sera comme neuve.

— Et c'est tout, ai-je expliqué à Phœnix en retirant ma veste en jean pour la suspendre au dossier de ma chaise. Tu avais raison. Il n'a rien demandé, je n'ai pas eu à mentir.

Tout en veillant à ne pas se montrer, il me guettait à la fenêtre quand son frère m'avait déposée chez moi. À ce moment-là, il pleuvait, et le crépuscule avait commencé à s'installer plus tôt que d'ordinaire. En tout cas, l'idée d'enrôler Brandon avait fonctionné. Il se débrouillerait pour qu'une dépanneuse remorque la décapotable, puis il irait rendre une petite visite à Kyle. Ils arriveraient sûrement à un accord, aux termes duquel Keppler s'engagerait à ne plus m'importuner.

Phœnix m'a tendu une serviette pour que je sèche mes cheveux trempés. Des bruits de porte m'ont appris que Laura rentrait du travail.

— Je reviens, ai-je chuchoté à mon chéri.

Laura était crevée, ce qui n'avait rien de bien nouveau. Envoyant valser ses chaussures, elle s'est assise sur le canapé avec une bière.

— Le vent forcit, une tempête se prépare, a-t-elle annoncé. Où est ta voiture, Darina ? Je ne l'ai pas vue dans l'allée.

— Un essuie-glace a lâché. (Vrai.) Brandon Rohr va le réparer. (Vrai aussi.)

— C'est gentil de sa part. As-tu mangé quelque chose ?

— Oui, j'ai réchauffé une pizza. (Faux.)

— Tu devrais te nourrir mieux, Darina. (Vrai.)

— Où est Jim ?

— En déplacement. Il ne rentrera pas ce soir.

— Inutile de préparer le repas, puisque j'ai déjà dîné. Il faut que je bosse sur mon exposé de sciences nat'.

— Très bien, monte.

Laura s'est allongée, les pieds sur un coussin.

Phœnix et moi étions couchés sur mon lit, à écouter le bruit de la pluie contre les vitres sous un ciel obscur. Jamais je ne m'étais sentie aussi vivante, mon cœur débordait de joie. Sur le dos, bras au-dessus de nos têtes, doigts entrelacés, yeux dans les yeux. Je me suis blottie contre lui, qui n'a pas bougé, et nous sommes restés ainsi pendant des siècles. Puis il a embrassé mon front, j'ai relevé mon visage vers lui, et nos lèvres se sont effleurées. Plus vivante, plus douloureusement vivante, mes baisers, les siens.

Les gouttes martelaient la fenêtre.

J'aurais voulu que cet instant dure toujours, j'étais consciente que c'était impossible. Les choses auraient été comme ça, si...

Les éléments se sont déchaînés avant minuit. Le vent est devenu plus violent, le tonnerre a roulé, et des éclairs ont déchiré la nue.

Phœnix s'est redressé pour s'asseoir au bord du lit. Il a porté une main tremblante à son front.

— Qu'y a-t-il ? C'est la tempête ?

Soudain, on m'arrachait à mon paradis, et la peur m'envahissait. Un orage électrique représentait le plus grand péril pour les Revenants sur l'autre versant. Il sapait leurs forces, leur dérobait leurs pouvoirs, les rendait vulnérables face à leurs adversaires.

— J'ai mal ici, m'a-t-il dit.

Prenant ma main, il l'a guidée vers le tatouage en forme d'ailes d'ange qui se trouvait entre ses deux omoplates.

— C'est violent ? ai-je demandé en caressant sa peau lisse et froide avant de me pencher pour embrasser le petit dessin à trois reprises.

— Tes baisers me soulagent, a-t-il murmuré. Darina...

— J'ai pigé, me suis-je empressée de le couper. Tu dois t'en aller. Les autres t'attendent à Foxton.

Il s'est levé, m'entraînant avec lui, a enroulé ses bras autour de moi et a soufflé contre ma joue :

— Je voudrais rester avec toi, je te le jure.

— Je t'aime. Vas-y.

Un éclair a illuminé le ciel, le vent a secoué les montants de la fenêtre. La peur m'a ébranlée de la tête aux pieds.

— File ! l'ai-je supplié. File avant qu'il ne soit trop tard !

L'orage a duré toute la nuit. Pluie, vent, ciel noir parfois transpercé par la foudre. Dans mon lit, je me suis torturée pour deviner si Phœnix avait réussi à regagner Foxton à temps, à retrouver Hunter et les *Beautiful Dead*, à repartir avec eux quelque part dans un endroit sûr, au-delà de la tombe. J'irais vérifier le lendemain si la tourmente cessait.

« Il ne nous reste plus que jeudi et vendredi, ai-je songé. Comment vais-je me rendre à Foxton sans voiture ? » Privée de véhicule, j'avais l'impression d'être paralysée. « Flûte !

Qu'est-ce que je fais ? Et si je partais maintenant, en plein orage ? Je me débrouille pour être emmenée en stop jusqu'à Centennial, je descends au carrefour de Foxton et je grimpe à pied. Je devrais atteindre la grange à l'aube. »

J'avais enfilé mon jean et un corsage et m'apprêtais à chausser mes bottes lorsque Hunter a fait son apparition. La pièce s'est emplie d'une lumière argentée, et le suzerain s'est matérialisé près de la fenêtre derrière laquelle rugissait la tempête. J'ai cru halluciner et avoir perdu la tête.

— Qu'est-ce que vous fichez ici ? ai-je marmonné, figée sur place. C'est dangereux. Où est Phœnix ? Où sont les autres ?

— En sécurité.

Dans la lueur vacillante, j'ai vu qu'il tremblait. De l'eau coulait de ses cheveux sur son visage de pierre. Ses prunelles étaient tellement sombres et enfoncées dans leurs orbites que, un instant, j'ai redouté qu'il ne soit devenu une des têtes de mort sorties des limbes afin de terrifier les intrus qui fouinaient du côté de la vieille ferme.

— Vous devriez être avec eux. Pourquoi être venu ici ?

S'il s'attardait, il risquait de s'affaiblir au point de ne plus être en mesure de regagner le royaume des défunts.

— J'ai besoin de toi, a-t-il avoué.

Un éclair a fendu le ciel, et il a frissonné. Il a été obligé de s'appuyer à mon bureau. Je ne comprenais pas. Hunter était si fort, solide, comme inébranlable. Être témoin de sa faiblesse et de ses tremblements ne cadrait pas.

— Pour quoi ?

— Viens. Vite.

— Où ?

J'étais prête à voyager avec lui, pour peu qu'il en ait encore la force. J'ai guetté le battement des ailes et l'apparition de la lumière surnaturelle.

— Foxton.

— Mais pourquoi là-bas ?

Ça commençait. Bruissements ailés, suivis de bourrasques glacées et humides quand Hunter a ouvert la fenêtre.

— Afin de retrouver Lee Stone, a répondu le chef des *Beautiful Dead* en prenant ma main. Il n'est pas arrivé à temps. Il est resté sur l'autre versant. Il faut que tu m'aides.

Environné par l'ouragan des ailes, il m'a soulevée et m'a entraînée dans la nuit, cependant que les forces sinistres de l'univers surnaturel s'attaquaient à mon visage, à mes cheveux, au moindre de mes muscles et de mes os.

8

Lorsqu'on se déplace avec le chef des Revenants, on ne vole ni ne flotte, on ne tourbillonne ni ne dérive. On a plutôt l'impression d'être dans l'œil d'un cyclone. Arrivé à destination, on dégringole dans les ténèbres sur un million de kilomètres avant de recouvrer ses esprits.

Nous étions au carrefour de Foxton, en pleine nuit, et la tempête ne faiblissait pas.

J'ai dû m'agripper à Hunter pour résister au vent qui soufflait depuis le sommet de la crête. Le suzerain tremblait encore, ses yeux étaient plus noirs et creusés que d'habitude. La pluie coulait sur sa tempe et le tatouage délavé qui signalait le coup de feu l'ayant tué.

— Lee se trouvait ici, quand l'orage a éclaté, m'a-t-il chuchoté, les épaules affaissées, claquant des dents comme un homme en train de geler. Il a été frappé par la foudre et n'a pu rentrer.

Ébahie, j'ai contemplé les cabanes de pêcheurs qui surplombaient le torrent déchaîné. Toutes étaient plongées dans l'obscurité, sauf une. Hunter a titubé en direction de cette lumière.

— Je suis venu le chercher après avoir mis les autres en sûreté. Ne t'inquiète pas, Darina, Phœnix ne risque rien.

— Mais pas vous ! me suis-je écriée en trébuchant à cause de la pénombre. Vous devenez plus faible à chaque seconde qui passe.

— Je dois aider Lee, a-t-il répondu en serrant les dents. Le type qui habite cette masure l'a découvert inanimé près de la rivière. Il l'a caché avant que j'aie pu intervenir. Il pensait bien faire, j'imagine.

— Caché où ?

Peu à peu, mes facultés de réflexion me revenaient. Il était clair maintenant que ma mission était de tirer Lee des pattes de son sauveur pour le remettre entre celles de Hunter. Ensuite, les deux zombies pourraient filer où bon leur semblerait, ça m'était égal.

— Chez lui.

— Je dispose de combien de temps ?

Il me suffisait de frapper, d'attirer le bonhomme dehors, puis Hunter se faufilerait à l'intérieur et récupérerait Lee.

— Pas beaucoup, a balbutié le suzerain, à bout de forces. Fonce, Darina !

D'un pas mal assuré, j'ai rejoint le porche de la maison et j'ai tambouriné du poing sur la porte. D'abord, personne n'a réagi. Le propriétaire des lieux devait s'être convaincu qu'il était hors de question de recueillir un deuxième naufragé cette nuit-là. Après mûre réflexion, il a peut-être pensé qu'il s'agissait de quelqu'un venu secourir Lee, car il a entrebâillé le battant. Des yeux luisants m'ont observée par la fente.

— S'il vous plaît, il faut que vous veniez ! ai-je braillé, les cheveux plaqués sur le crâne par la pluie. Ma voiture est coincée dans le fossé au carrefour. Aidez-moi à la sortir de là !

J'aurais eu intérêt à étoffer mon histoire, mais je n'en avais pas eu loisir. Je l'ai découvert trop tard, malheureusement. La porte n'a pas bougé.

— Peux pas, a maugréé une voix qui semblait âgée. J'ai déjà assez à faire avec un jeune gars. Il a piqué une tête dans le torrent.

— Je vous en prie ! ai-je plaidé en essayant de jeter un coup d'œil à l'intérieur.

— Sais pas s'il est mort ou vivant. Je sens rien, pas de pouls, rien. Pourtant, il respire.

Le vantail était en train de se refermer.

— Laissez-moi le voir. J'ai mon brevet de secouriste. Je pourrais me rendre utile.

Ça a marché, je suis entrée. Le problème, c'est que Hunter était dehors, dans l'incapacité d'intervenir. Il fallait que je trouve une solution, et vite.

Sauf que tous mes espoirs se sont envolés. Lee était allongé sur un divan qui servait également de lit au vieux. Au premier regard, il donnait le sentiment d'être vraiment mort : sa peau était d'une pâleur extrême, sa bouche entrouverte, ses yeux clos. Un des bras tombait le long du canapé. Nous étions arrivés trop tard ! Un poids m'a écrasé la poitrine.

Tout à coup, le Revenant a bougé. Il a tourné la tête vers moi, a soulevé les paupières. Je crois qu'il m'a reconnue.

— Allez-y, examinez-le, m'a encouragée le vieillard.

Son haleine sentait l'alcool. Une bouteille de whisky trônait sur la table. Mon cœur battait la chamade quand je me suis accroupie près de Lee. Son regard était flou, et j'ai révisé ma première impression : il ignorait qui j'étais.

— C'est moi, Darina, ai-je chuchoté.

— Darina... Dis à Hunter que je suis désolé.

Sa voix n'était qu'un souffle, sa prononciation si embarrassée que j'ai eu du mal à le comprendre.

— Qu'est-ce qu'il dit ? a demandé le pêcheur dans mon dos avant de pencher sur nous son visage ridé et mal rasé.

— Je vais te sortir de là, ai-je promis au *Beautiful Dead* en ignorant l'autre.

Il n'était plus temps, me rappelait cependant mon cerveau, ce qui m'a déprimée. Lee ne découvrirait jamais dans quelles circonstances il était mort. L'orage l'avait piégé et vidé de ses forces surnaturelles, lui rendant l'apparence du cadavre qu'il était en réalité. Où étaient passées ces ailes et ces têtes de mort censées le protéger ? Et que pouvait faire Hunter, désormais ?

Rien. La réponse était évidente.

— Non, Lee, c'est moi qui suis désolée ! ai-je crié, effrayant le pêcheur, qui a reculé. En m'envoyant ici, Hunter a essayé de te secourir. Il a tenté l'impossible.

À ses yeux, j'ai deviné qu'il m'avait entendue, même s'il était trop faible pour parler. Prenant sa main glacée, j'ai enroulé mes doigts autour des siens. À cet instant, j'ai vu un liquide écarlate qui coulait d'une blessure à son épaule. Du sang, collant et déjà en train de coaguler, alors qu'il venait juste d'apparaître. Il s'en échappait aussi d'un trou au niveau des côtes, ainsi qu'un filet à la commissure des lèvres.

Je l'ai tenu fort. Derrière nous, la porte s'est brusquement ouverte, et une violente bourrasque glacée a envahi la cabane. Lorsqu'elle s'est retirée, Lee était mort.

Si l'étrange vie-mort de Lee s'est ralentie jusqu'à plonger dans le néant, notre existence à nous, ceux qui restaient, s'est brusquement accélérée. Doucement, j'ai replié son bras inerte sur son torse. Bouche bée, le vieux bonhomme a contemplé ce qui se produit quand un Revenant s'éteint. D'abord, Lee a fermé les yeux, puis le sang de ses plaies s'est estompé. Une lumière a surgi, halo argenté qui marquait les contours de son corps, et les ailes se sont mises à battre, pas avec sauvagerie et force comme d'ordinaire, mais avec tendresse. Lentement, l'aura lumineuse s'est fondue dans le cadavre, le dissolvant, le rendant étincelant au fur et à mesure qu'il s'effaçait. Peu après, le sauveur de Lee fixait son lit vide.

— Vous avez abusé du whisky, lui ai-je dit avec dureté, histoire de l'égarer un peu plus.

L'événement deviendrait une énième rumeur sur les bizarreries de Foxton, qui descendrait des montagnes dans les bars et les restaurants d'Ellerton. Une nuit de tempête, un homme âgé et ivre...

Quittant la cabane, je suis partie à la recherche de Hunter, hélant son nom le long de la piste puis de la rivière. Ne m'est parvenu que le grondement de l'eau sur les rochers, cependant que le courant sombre coulait à mes pieds. Je me suis assise par terre.

— Nous n'avons pas été assez rapides, ai-je murmuré.

Pour seule réponse, les ailes ont battu follement, se rassemblant au-dessus de la crête de Foxton avant d'envahir la vallée, accompagnées par une horde de têtes de mort qui luisaient, jaunâtres, leurs sommets brillant comme des galets lisses sur la berge d'un ruisseau, leurs orbites vides et impénétrables. La tristesse m'a accablée. J'avais tenu la main de Lee, je l'avais vu s'en aller pour toujours. À présent, Hunter s'était lui aussi éclipsé, ombre de lui-même, si faible qu'il risquait de ne pas atteindre son refuge, au-delà de la tempête.

Un éclair a brillé, le tonnerre a grondé. Affalée près du torrent, j'ai fondu en larmes.

À l'aube, je suis montée en direction de la colline, vidée, les muscles douloureux, encore plus déprimée qu'auparavant. J'ai avancé en direction du réservoir avant de redescendre vers la ferme, désireuse comme jamais que les *Beautiful Dead* me reviennent sur l'autre versant.

Le ciel a rosi, balafré par des nuages bleu-gris. De l'eau dégouttait des branches, formant des flaques sur le sol caillouteux. Lorsque le soleil s'est levé, de la brume est montée au-dessus de la grange.

« Où êtes-vous ? » ai-je demandé en silence à Phœnix, Hunter, Arizona et toute la bande.

Je me suis souvenue d'une autre tempête qui les avait chassés dans les limbes. Leur absence avait duré plus longtemps que prévu – une demi-journée leur avait été nécessaire pour reprendre des forces et rallier Foxton.

— Dire que nous sommes déjà jeudi, ai-je lancé tout fort. Au boulot !

Le délai imparti pesant sérieusement sur mes épaules, j'ai décidé que je n'avais rien à gagner à traîner ici et qu'il valait mieux que je mette à profit les prochaines heures pour mener l'enquête. Je suis donc repartie vers le carrefour, en priant pour qu'un véhicule accepte de me ramener en ville. J'ai été obligée d'attendre vingt minutes avant qu'un conducteur matinal daigne apparaître. Il a ralenti et m'a longuement observée – j'avais sûrement l'air d'un rat mouillé.

— Vous allez où ? m'a-t-il demandé.

— Ellerton.

Il m'était égal qu'il me prenne pour une SDF prise au piège de l'orage nocturne. J'ai grimpé à bord de sa camionnette.

— Que vous est-il arrivé ?

— Ma voiture a dérapé dans un fossé.

— Vous habitez Ellerton ?

— Oui.

Bon, ce n'était pas parce qu'il m'avait prise en stop que j'étais forcée de lui raconter ma vie.

— Vous avez quel âge ?

— Vingt ans, ai-je menti.

Nous avons atteint la nationale.

— Vous avez passé toute la nuit là-haut ?

— Oui.

— Vous auriez pu appeler quelqu'un.

— Plus de forfait.

M'enfonçant dans mon siège, j'ai fermé les yeux pour donner l'impression que je dormais. Une fois traversés le col de Turkey Shoot et Centennial, je me suis « réveillée ».

— Vous n'avez qu'à me déposer ici.

Je ne me rappelle même pas si j'ai remercié le gars avant de m'éloigner. Je n'avais pas parcouru plus de deux mètres lorsque Arizona a surgi de derrière une voiture garée le long du trottoir.

— Avant de te lancer dans un de tes discours, sache que nous sommes au courant pour Lee, m'a-t-elle prévenue, ses prunelles vertes brûlant d'impatience.

— Hunter et moi... avons essayé. Hunter a pris tous les risques.

— Je sais. Parce que Lee était un chic type. Il va nous manquer. Hunter réagit mal, il a l'impression de lui avoir fait défaut.

— Il a pu regagner les limbes ?

— Oui. Il y est avec les autres. Ils comptent rester là-bas jusqu'à midi.

— Tu es venue seule, alors ? Et si quelqu'un te voit ?

Nous marchions d'un même pas, ce qui était dangereux. Elle a désigné les maisons aux volets encore fermés et aux portes closes.

— Tout le monde dort. Toi et moi devons parler.

— Je compte me rendre à Westra. Chez tes parents. Nous n'avons plus guère de temps.

— Je ne l'oublie pas, crois-moi. Il nous reste exactement trente heures et quinze minutes avant que le délai expire. Voilà pourquoi Hunter m'a autorisée à repartir avant tout le monde.

— C'est nouveau, ça. Il doit avoir confiance en toi à cent pour cent, maintenant.

Nerveuse à l'idée qu'elle soit repérée, je l'ai entraînée dans une ruelle longeant une modeste résidence.

— D'ailleurs, ai-je continué, ce n'est pas très logique, vu la façon dont tu t'es comportée avec nous.

D'un geste, elle s'est libérée de mon étreinte.

— Qu'est-ce que tu racontes, Darina ? Je veux dire, que sais-tu vraiment ?

J'ai réfléchi. Par où commencer ?

— Je sais que tu m'as caché l'existence de Kyle Keppler et de Sable Jackson, ainsi que celle de ton frère. Comment suis-je censée t'aider si tu dissimules des choses aussi importantes ?

Elle a fermé les yeux et soupiré.

— As-tu idée de ce que ça représente de tenter de protéger quelqu'un à qui tu tiens ?

— Oui. Tu places ce quelqu'un en premier, au-dessus de tout. Je comprends, pour Raven. Le pauvre petit mérite en effet qu'on veille sur lui. Mais Kyle ?

— Entends-tu par là qu'il est capable de veiller sur lui-même ?

M'est revenue à l'esprit la scène où son petit ami avait rebroussé chemin à bord de sa camionnette, la façon dont il m'avait extraite de ma voiture et jetée dans le fossé.

— Nom d'un chien, Arizona ! Ce mec est une bête !

Adossée à un mur de briques, elle m'a fixée à travers ses paupières à demi closes.

— C'est ainsi que la rumeur qualifie Brandon et Phœnix Rohr, je te signale.

— Mensonges ! Tu n'as pas le droit de les comparer !

D'un geste méprisant du poignet, elle m'a renvoyée dans mes buts.

— On raconte que Brandon ignore comment terminer une discussion autrement qu'à coups de poing, et que son frangin tient de lui.

— C'est faux, et tu le sais !

— N'empêche, c'est l'impression que ça donne, vu de l'extérieur. Et c'est justement le sujet de notre conversation.

— Serais-tu en train de suggérer que Kyle ressemble à Phœnix ?

J'étais tellement furax que j'ai failli m'en aller et planter là Arizona et son triste destin de *Beautiful Dead*.

— Figure-toi qu'il ne m'a jamais trompée, lui ! ai-je lancé.

Elle a acquiescé d'un léger mouvement du menton.

— Si tel avait été le cas, aurais-tu cessé de l'aimer ? a-t-elle cependant rétorqué.

J'ai respiré profondément, sans réussir à trouver une réponse qui ne démolisse pas mes arguments.

— Tu vois ? a-t-elle alors repris. Les sentiments ne disparaissent pas comme ça, sous prétexte que leur objet vous a blessé. On s'accroche en espérant que ça passera.

— Sauf que Sable était enceinte et qu'ils allaient se marier...

— Inutile de me le rappeler, merci. J'aurais dû le larguer. J'ai essayé.

Longtemps, j'ai gardé le silence en secouant la tête.

— Et Kyle ? ai-je fini par demander. Une fois que tu as eu découvert le pot aux roses, a-t-il décidé que vous deux, c'était terminé ?

— Lui aussi a essayé. Mais il était comme moi, c'était plus fort que lui. Il s'éloignait durant quelques jours pour mieux me revenir ensuite.

— En t'avouant combien il t'aimait ?

— Oui. Alors, je me rendais à Mike's Motors pour le retrouver. Parfois, d'autres mecs, Brandon Rohr, Jon Jackson, traînaient là-bas, ce qui m'obligeait à inventer des excuses.

J'ai imaginé les regards et les commentaires salaces qui avaient pu lui être adressés.

— Ce n'était pas de l'amour, c'était du masochisme.

— Une obsession, est-elle convenue avec un soupir. N'empêche, Kyle a un côté amusant, quand bien même ça te paraît dur à comprendre. Au lieu de jouer les gros durs effrayants, il fait l'idiot, me donne le sentiment que je suis quelqu'un de bien... Me *donnait* le sentiment d'être quelqu'un de bien. Il comprenait comment mon esprit fonctionnait. Avec lui, je pouvais enfin être moi-même.

— Il est vraiment triste que tu n'en aies pas eu la possibilité avec d'autres que lui. Mais je pige. Enfin, je crois.

— Tu vois maintenant pourquoi Kyle est contraint de défendre Forest Lake de tes investigations ? Il préserve sa relation avec Sable et leur enfant. La seule fois où il s'est fâché contre moi, c'est quand j'ai débarqué chez lui.

— C'est dingue ! Pourquoi as-tu fait un truc pareil ?

Bon, d'accord, c'était un peu l'hôpital qui se moquait de la charité, étant donnée la visite que j'avais effectuée là-bas.

— Pour rester assise sans broncher dans ma voiture et observer. Je n'avais pas l'intention de les aborder, lui et Sable. Je voulais juste les voir ensemble, me convaincre que c'était terminé entre lui et moi.

— Sauf qu'il t'a repérée ?

— Il ne m'a pas touchée, n'a pas perdu son calme. Il m'a seulement demandé de ne jamais recommencer. Maintenant, je voudrais que tu me promettes la même chose.

— Comment ça ?

À mon humble avis, elle n'était pas en mesure de poser ses conditions.

— Laisse Sable et Kyle tranquilles, Darina.

— Même s'il a été le dernier que tu as vu avant de te noyer ?

— Je n'en suis pas certaine ! a-t-elle objecté avec dureté. Mon ultime souvenir, c'est d'être allée au centre commercial en voiture. Je ne peux pas garantir que mon but était l'atelier, ni même si Kyle était là-bas.

J'ai renoncé à l'interroger plus avant, consciente que nous n'arriverions pas à fissurer le mur de sa mémoire.

— Mais ça ne t'ennuie pas que j'aille voir les tiens ?

— Dans quel but ?

Franchement, à en juger par son hostilité, on aurait cru que j'avais couché avec l'ennemi !

— Parler avec qui sera chez toi. Peter. Ou Frank. Il me fournira peut-être un détail utile.

— Ou peut-être pas, a-t-elle ri du rire de l'ancienne Arizona, railleur et dénué d'humour. Obtenir des infos de mon père relève du défi.

— Oui, j'avais déjà remarqué.

Je n'ai pas eu le temps de poursuivre, car, au-dessus de nos têtes, une fenêtre s'est ouverte, par laquelle s'est penchée une femme.

— Vous allez bientôt arrêter de jacasser comme des pies à cette heure indue ? a-t-elle braillé.

Réagissant comme si nous étions attaquées par une nuée de guêpes, nous avons déguerpi.

— OK, ne te gêne pas, discute avec mon grand-père ou mon père, m'a lancé Arizona, sur le point de se dématérialiser.

— Où seras-tu ?

— Dans les parages. Tu ne m'apercevras pas, mais sois certaine que je serai là.

J'ai filé droit chez Logan. Bien qu'il ne soit que huit heures du matin, il m'a ouvert, tout habillé et frais comme l'œil.

— Salut, Darina ! Quoi de neuf ?

— Ma voiture est cassée, ai-je marmonné. Et non, ce n'est pas moi la responsable. Une grosse pierre s'est détachée de la falaise et a écrasé mon capot.

— Donc, il faudrait que je t'emmène au lycée ?

— Pas ce matin, merci. Mais peux-tu me conduire jusqu'à Westra ?

Histoire d'éviter ses questions, je me suis empressée d'évoquer la femme de Peter, celle qui était tombée de cheval.

— Et tu voudrais prendre de ses nouvelles ? Pour toi, je ferai le détour.

Il a vivement attrapé ses clefs. Tout sourire, je me suis assise à côté de lui. Nous avons effectué le trajet sans beaucoup discuter, juste détendus – du moins, autant qu'il en était capable. Au bout de North 22 Street, je lui ai demandé de me déposer.

— Je t'attends ? m'a-t-il proposé.

— Non, je rentrerai à pied.

Je l'ai gratifié d'un sourire de remerciement, et il s'est empourpré. « Pourquoi faut-il que je ne tombe jamais amoureuse des gars sympas et simples sur cette terre ? » me suis-je demandé une fois encore.

Pendant qu'il faisait demi-tour pour regagner Ellerton, j'ai marché sur un demi-kilomètre jusqu'au numéro 2850. Je n'arrêtais pas de jeter des coups d'œil par-dessus mon épaule, en quête de l'invisible Arizona. C'était étrange qu'elle revienne dans la maison un an après sa mort et que je sois la seule au courant.

Bifurquant dans l'allée, je me suis dirigée vers l'annexe du jardinier. Cependant, au bout de quelques pas, j'ai aperçu Raven assis à son endroit de prédilection, dans la gloriette. Il a brièvement levé les yeux de son carnet avant de les rabaisser aussitôt. L'espace d'une seconde, j'ai perçu la réaction impuissante d'Arizona à travers un léger souffle de vent, pareille à un soupir secouant les séquoias plantés près de la grille. Peter Hall n'a pas tardé à émerger de son atelier et est venu à ma rencontre à travers la pelouse.

— En quel honneur Raven n'est-il pas à l'école ? me suis-je enquise. Je le croyais là-bas ?

— Grâce à toi, semble-t-il, a répondu Peter en m'entraînant vers son annexe. La directrice a décrit à Frank la fille qui l'avait retrouvé : grande, maigre, cheveux noirs et courts. Nous avons pensé que ça pouvait être toi.

— Vous me connaissez, j'aime me balader dans les montagnes. Bon, ils l'ont ramené chez eux ?

— Enfin ! a-t-il soupiré. C'était une fugue de trop, j'imagine. Rebecca Davis et Allyson en ont discuté, et tout le monde s'est mis d'accord pour décréter qu'il avait besoin de vacances.

Des sapins se sont agités – Arizona devait avoir du mal à revoir son petit frère et à apprendre ces bonnes nouvelles sans pouvoir l'approcher, passer son bras autour de son épaule, admirer avec lui quelques reproductions de Warhol et constater que ses yeux d'ordinaire vides s'allumaient.

— Et tu veux savoir la dernière ? a poursuivi Peter. Frank est parti hier soir.

— Ils vont vraiment divorcer ? Vendre la maison ?

— Bien sûr. Il s'est installé chez Jenna et moi.

— Wouah ! Quel scoop !

— Tout un château de cartes qui s'écroule, a opiné Peter. Raven réintègre le foyer familial, Frank le quitte. Et aujourd'hui, pour la première fois de son existence, Allyson n'est pas allée au travail.

— Elle est ici ? me suis-je inquiétée en contemplant la vaste demeure dont la porte principale était ouverte et dont la dizaine de fenêtres en façade luisait sous le froid soleil. Mais vous, Peter ? Que va-t-il advenir de vous et de Jenna ?

— Nous appartenons au passé, a-t-il répondu en montrant les cartons par terre.

Il y avait entassé ses livres de jardinage, de même que la bouilloire et les tasses.

— Maintenant que Frank n'est plus là, a-t-il poursuivi, Allyson nous a informés qu'elle ne tenait plus à ce que nous voyions Raven. Elle compte embaucher un aide-soignant professionnel.

— Elle vous renvoie !

Lorsque je suis en état de choc, j'ai une fâcheuse tendance à énoncer des évidences. Il a haussé les épaules.

— À moins qu'elle change d'avis, a-t-il murmuré, mais je la connais. Elle ne revient jamais sur sa parole. Jenna et moi sommes écartés pour de bon.

— Darina, il faut que tu ailles trouver Raven et que tu lui parles ! Aide-le !

Quand j'ai quitté la propriété, Arizona m'attendait dans la rue. Complètement effondrée. Elle avait capté le moindre mot de mon échange avec Peter et ne supportait pas que je déserte le terrain.

— Pourquoi ? À quoi ça servira ?

— Commence par ses dessins et continue avec moi. Explique-lui pourquoi je ne suis plus là, dis-lui que je l'ai laissé malgré moi. Non, oublie. Dis-lui juste que je l'aime.

L'intensité de ses supplications m'a ébranlée. Je me suis cependant souvenue de ce que m'avait dit Phœnix à propos du cerveau autiste de Raven qu'il était impossible de toucher.

— Il ne comprendra pas, ai-je répondu. Tu le sais mieux que moi.

— Essaye quand même, a-t-elle plaidé, au désespoir. La seule chose qui m'importe, c'est qu'il se rende compte que j'aurais fait n'importe quoi pour lui. C'est un enfant spécial, stupéfiant. Transmets-lui ce message de ma part, Darina.

— J'estime que c'est une mauvaise idée, ai-je marmonné.

Pouvais-je seulement rentrer dans le jardin sans qu'on me voie ? Dieu soit loué, Peter n'était plus dans l'annexe et, dans la maison, il n'y avait pas signe de vie. Bref, je me suis faufilée vers la gloriette, où j'ai pris Raven au dépourvu. On aurait cru que je pointais un pistolet sur lui, à la façon dont il a sursauté avant de se pétrifier, sous le choc.

— Tout va bien, ai-je murmuré. Tu te souviens de moi, Raven ? Nous nous sommes déjà rencontrés.

Serrant son bloc contre lui, il a commencé à se balancer d'avant en arrière en fuyant mon regard. Il ressemblait à un oiseau fragile, avec sa maigreur, ses cheveux noirs et luisants, et ses yeux qui papillonnaient dans tous les sens.

— Montre-moi ce que tu viens de dessiner.

Pas de pot ! Il a gardé le carnet plaqué sur son torse et s'est agité encore plus.

— Je ne te ferai pas de mal, je suis ton amie.

Rien. Considérait-il que je l'avais trompé lorsque je l'avais remis aux mains de la directrice de l'institut ?

— Je connaissais ta sœur Arizona.

Le prénom a réussi à briser ses défenses. Avant même que j'aie fini de le prononcer, il s'est calmé et m'a contemplée avec avidité, attendant que j'ajoute quelque chose.

— Oui, Raven, Arizona m'a parlé de toi. Elle m'a dit que tu étais un champion en dessin. Tu veux bien me montrer ton cahier ?

Il a écarquillé les yeux, a hésité, puis m'a brusquement tendu l'objet. Je l'ai feuilleté.

— Tiens, c'est ta maison, ça. Et la gloriette. Super bien. Et là, l'annexe de Peter, et voici l'école.

Je me suis assise à côté de lui et, tête contre tête, nous avons admiré ses œuvres, en suivant les contours du doigt. Une nouvelle page m'a mise en face d'un portrait d'Arizona. Entre ses prunelles en amande, l'arc de ses sourcils, le long visage ovale encadré de cheveux bruns, la ressemblance était frappante.

— C'est toi qui l'as dessinée ?

Il a promené le bout de ses doigts autour du visage avec légèreté et tendresse. Puis il m'a regardée avec l'ombre d'un sourire. Je lui rendais son sourire en m'efforçant de retenir mes larmes quand Allyson Taylor, alias Carabosse, nous a interrompus.

— J'ignore qui vous êtes et ce que vous fichez ici, mais je vous conseille de partir avant que j'alerte la police, m'a-t-elle lancé froidement.

— Inutile, je m'en allais, ai-je répondu en me levant.

À ma grande surprise, Raven m'a retenue par le bas de ma veste, refusant que je m'éloigne. La deuxième surprise a été de découvrir les traits d'Allyson dénués de leur maquillage télé : pâles, tirés, la bouche affaissée et des cernes sous les yeux. Ses cheveux retenus en arrière n'arrangeaient pas le tableau.

— Je suis venue voir Peter, ai-je continué. C'est moi qui ai trouvé Jenna quand elle a eu son accident de cheval.

— Avez-vous eu le temps de le croiser avant qu'il ne déguerpisse ? a-t-elle répliqué en fixant la main de Raven sur ma veste.

— Oui. Et votre fils m'a montré ses dessins. Il est vraiment doué.

— Il aime ça, a-t-elle admis avec moins de sècheresse dans la voix. Lâche cette veste, Raven, sois gentil.

Détournant la tête, il s'est agrippé encore plus fort à moi.

— Ce n'est pas grave, suis-je intervenue.

— Arrête, s'il te plaît.

Allyson a tenté de dénouer ses doigts du tissu. Ce geste avait quelque chose de tellement triste et vain que des larmes ont perlé à ses yeux.

— Pardonnez-moi, s'est-elle excusée en reculant et en se cachant derrière sa paume.

— Je vous en prie, je comprends. Arizona m'avait parlé de son frère.

— Ah bon ? s'est étonnée Allyson qui, apparemment, a eu du mal à avaler l'information. Je croyais qu'elle ne se confiait jamais à personne. Qu'elle avait cette maladie familiale qui consiste à tout enfouir en soi.

— La plupart du temps, oui. Mais certaines choses sont trop difficiles à taire.

Je contemplais cette femme en pleurs en me demandant où Carabosse et mon suspect numéro deux avaient disparu. Elle est entrée dans la gloriette, et nous nous sommes assises avec Raven. Ce dernier continuait à se coller à moi.

— Elle vous a expliqué de quelle maladie il souffrait ?

Aussitôt, la présence invisible d'Arizona s'est faite plus pressante.

— Elle m'a dit que c'était un garçon spécial et stupéfiant. Tu sais, Raven, jamais elle ne t'aurait laissé d'elle-même. Elle t'aimait plus que tout au monde.

— Ne vous donnez pas cette peine, a hoqueté Allyson en sanglotant de plus belle. Il ne comprend pas. Il croit que sa sœur va revenir. Tous les jours, il l'attend.

— Je pense que tu comprends très bien, au contraire, Raven. Tu sais combien Arizona t'aime.

— Alors, pourquoi a-t-elle fait ça ? a interjeté Allyson avec une pointe d'amertume. Si elle l'aimait, elle ne se serait pas suicidée.

J'ai pris une longue inspiration.

— Les apparences ne correspondent peut-être pas à la réalité ? ai-je suggéré.

— Bien sûr que si. Les conclusions de l'enquête sont fermes et définitives.

— Comment la police peut-elle être aussi sûre d'elle ?

— Parce qu'il n'y a pas d'autre explication, a murmuré Allyson en écartant une mèche des cheveux de Raven qui lui tombait devant le visage. Et puis, la famille, celle de Frank, a des antécédents. Son oncle s'est tiré une balle dans la tête. Il était maniaco-dépressif au dernier degré.

— Je suis navrée, je l'ignorais.

Finalement, ma propre situation, mère abandonnée et pauvre, m'a paru presque désirable.

— Frank en a été affecté, bien sûr. Il n'exprime pas ses émotions. Même à la naissance de Raven, lorsque nous avons découvert que quelque chose clochait, il ne m'a pas confié ce qu'il ressentait. J'ai été obligée de m'occuper de toutes les conséquences pratiques que cela impliquait : cliniques, diagnostics, traitements. Il ne m'a jamais accompagnée.

— Navrée, ai-je répété.

Une fois encore, je devais réviser ma manière d'envisager les Taylor. Ces gens m'échappaient totalement. J'avais imaginé une mère hyper ambitieuse peu désireuse de renoncer à sa carrière pour s'occuper de son fils autiste, mais la réalité apparaissait bien différente.

— Frank exigeait qu'on lui fournisse des raisons, a soupiré Allyson. L'affection de Raven est-elle d'ordre génétique ? Des taux anormalement élevés de sérotonine dans le cerveau, un virus durant la grossesse, le syndrome de l'X fragile, etc. Il a cherché partout.

— Sans rien trouver ?

— Exact. En grandissant, Arizona s'y est mise aussi. Elle a tout lu, comme son père.

— Elle était intelligente.

— Mais cela nous a amenées à nous disputer. Elle croyait toujours avoir les bonnes réponses... un régime particulier, une thérapie comportementaliste...

— Je vois.

— Bref, j'étais la méchante, celle qui se cantonnait aux méthodes traditionnelles et envoyait Raven au Lindsay Institute, celle qui veillait à ce qu'il prenne ses médicaments quand il était à la maison. Arizona et moi nous sommes beaucoup accrochées, tandis que Frank réagissait comme d'ordinaire, en se retirant du débat.

— Et en vous laissant vous charger des détails pratiques.

— Oui. Vous êtes jeune, vous n'imaginez pas ce qu'est la vie de couple. Mais on ne peut jamais vraiment compter sur personne, les autres ne vous apportent pas le soutien que vous êtes en droit d'espérer. Ça rend amer.

Je pouvais difficilement lui donner tort, vu sa situation.

— Peu après la mort d'Arizona, a-t-elle enchaîné, Frank a vidé la maison de toutes ses photos, de ses livres d'études, de ses bijoux, de ses vêtements, de tout.

— Et qu'en a-t-il fait ?

— Il les a stockés dans des cartons qu'il a exilés dans l'annexe. Pour mieux oublier, d'après lui. Sa façon de gérer le deuil.

Elle a respiré un bon coup avant de redresser les épaules et de reprendre :

— Peter vous a-t-il annoncé les derniers changements ? Raven arrête l'école pendant un moment, et Frank et moi arrêtons notre couple définitivement.

J'ai acquiescé. Elle était seule pour de bon, à présent, et cela se voyait dans ses yeux rougis, sa bouche aux coins affaissés. J'ai alors fait ce que, une demi-heure auparavant, j'aurais cru impensable : j'ai éprouvé une compassion réelle et profonde pour Allyson Taylor.

Quand je suis ressortie dans la rue, pas de trace d'Arizona. J'ai regardé à droite et à gauche, en vain, avant de partir en direction d'Ellerton. À cette heure, les *Beautiful Dead* devaient être de retour à Foxton, et Hunter lui avait sûrement ordonné de les y rejoindre. Par conséquent, j'étais censée y aller moi aussi.

— Posséder un superpouvoir ne serait pas de trop, ai-je marmonné. Une petite dématérialisation rapide, et hop !

Parce que sans ça, je me rendais là-bas comment ?

Grâce à Brandon, s'est-il trouvé. Il a déboulé sur sa moto au moment où j'arrivais dans la zone industrielle du centre commercial.

— Kyle a réparé ta voiture, m'a-t-il annoncé en s'arrêtant le long du trottoir.

Que je sois obligée de marcher semblait l'amuser au plus haut point.

— Kyle ? ai-je répété en le toisant.

— Bien sûr. Gratos. Je l'ai amené à comprendre que c'était bien le moins.

— Il a... il a dit quelque chose ?

— Juste que tu avais besoin d'apprendre à cesser de fourrer ton nez partout. Je n'ai pas posé de question. Allez, grimpe, que je t'emmène récupérer ta bagnole.

J'ai obtempéré, même si être la passagère de Brandon, enlacer sa taille et sentir la chaleur de son corps sous son tee-shirt blanc m'a donné envie de pleurer. Nous avons roulé jusqu'à Mike's Motors. Brandon m'a dit de l'attendre près de la Dyna pendant qu'il entrait dans l'atelier. Un peu plus tard, il en est ressorti au volant de la décapotable.

— Elle est comme neuve, a-t-il déclaré en me lançant les clefs.

Sur le seuil du garage, j'ai vu Kyle Keppler qui, bras croisés, me fixait avec intensité.

— Comment t'es-tu débrouillé ? ai-je murmuré, incrédule.

— Kyle a conscience d'être allé trop loin, a répliqué Brandon. Et puis, il me doit quelques faveurs.

— En tout cas merci.

J'allais m'installer derrière le volant quand il m'a retenue par l'épaule.

— C'est dingue et je n'en reviens toujours pas, a-t-il lâché à voix basse en me regardant droit dans les yeux. J'ai juré à mon frère que je veillerais sur toi.

Le poids de sa main était inconfortable, ce qui faisait toute la différence entre lui et Phœnix.

— Merci, ai-je redit. Tu y arrives très bien.

— Crois-tu que Phœnix le sache, quel que soit l'endroit où il est maintenant ? a-t-il soufflé.

9

« Quel que soit l'endroit où il est maintenant. » Je le répète, il arrive que les gens pèsent si fort sur mon secret que ça me donne envie de hurler. Pied au plancher, j'ai roulé jusqu'à Foxton, avide de revoir mon amoureux. La tempête avait occasionné des dégâts sur la route. Dans la zone incendiée près de Turkey Shoot, les arbres noircis s'étaient renversés les uns sur les autres, et des torrents d'une eau brune et mousseuse dévalaient la pente. Au carrefour, j'ai laissé sur ma gauche la cabane où Lee avait poussé son second dernier soupir.

J'ai abandonné la voiture au sommet de la piste et me suis précipitée vers le réservoir. « Il faut que je te voie, Phœnix ! » Les bourrasques qui avaient chassé l'orage quelques heures plus tôt giflaient mon corps. Rafales et ailes mélangées, le bruit d'un nouveau déchaînement à venir, tandis que je m'octroyais une pause au sommet de la crête. N'importe qui aurait tourné les talons, confronté au déferlement invisible du champ magnétique. Je me suis contentée de rentrer la tête dans les épaules et de serrer ma veste sur ma poitrine, puis j'ai filé en direction de la grange encore humide d'où émanait un nuage de vapeur. Aveugle parce que je fixais le sol, mon cœur battant la chamade, j'ai atterri droit dans les bras de mon aimé.

— Du calme, Darina, a-t-il chuchoté, ses lèvres collées sur le haut de mon front.

Il a glissé une main sous mon menton, m'a obligée à le regarder dans les yeux.

— Oh, mon Dieu ! J'ai eu peur que tu n'arrives pas à échapper à l'orage !

— Je suis ici, maintenant, m'a-t-il rassurée d'une voix grave et intense.

Le vent jouait dans ses cheveux, dévoilant ses traits parfaits.

— Lee... ai-je murmuré en enfouissant mon visage dans son torse.

— Je sais, ma pauvre chérie. Je suis désolé que tu aies été témoin de cela.

— Il y avait du sang. Il souffrait. J'ai été impuissante à l'aider !

— Hunter nous a raconté. Lee a été frappé par la foudre.

— J'aurais voulu réussir à le sortir de la cabane, ai-je sangloté. Alors, Hunter aurait pu le secourir.

— Non, il était déjà trop tard. Nous ne survivons pas longtemps après pareil coup du sort. Il suffit de deux heures pour que c'en soit fini de nous.

Il essayait de me rasséréner, me serrant contre lui, caressant mes cheveux.

— Lee était trop faible, a-t-il poursuivi. L'orage électrique avait eu raison de lui avant que tu le rejoignes.

— C'est si triste ! J'ai eu tellement peur !

Peu à peu, mes larmes se sont taries, et je me suis détendue entre les bras puissants de Phœnix.

— Pauvre, pauvre chérie, a-t-il redit en me berçant doucement. Ç'a été une épreuve.

— Il ne s'agit pas de moi. Ce qui m'a effrayée, c'est l'idée qu'il se produise la même chose avec un autre de vous. Summer, Arizona. Toi, surtout.

Cette fois, il n'a pas trouvé de mots réconfortants. Il m'a contemplée d'un air qui laissait entendre que c'était de l'ordre du possible.

— Les orages se déclenchent n'importe quand, ai-je repris. Hier soir, tu étais avec moi à Ellerton. La foudre aurait pu t'atteindre comme elle a touché Lee.

— Oui, nous courons tous un risque. C'est pourquoi Hunter préfère en général que nous restions en petits groupes de deux ou trois.

— En tout cas, il a démontré un sacré courage, cette nuit.

— Ainsi, tu ne le détestes plus ? s'est amusé Phœnix.

— Si, ai-je répondu en m'arrachant un sourire. Il est beaucoup trop commandeur à mon goût. Comme un père, en pire. Du genre avec lequel il est exclu de discuter.

— Ne m'en parle pas. Tu es consciente qu'il nous écoute, là ?

J'ai acquiescé.

— Où est-il ?

— Dans le fenil, avec les autres. Es-tu prête ?

Me prenant par la main, il m'a entraînée vers la grange, dont il a refermé la porte derrière nous. Abritée du vent, et un peu calmée, j'ai relevé la tête et regardé autour de moi. De vieilles brides poussiéreuses pendaient à des patères, des pelles et des râteaux étaient appuyés contre les murs, des toiles d'araignée intactes s'étalaient de poutre en poutre.

— À l'étage, a précisé Phœnix.

Derrière lui, j'ai escaladé les marches branlantes qui craquaient sous son poids. Ils étaient là, en effet, Arizona, Summer, Ève et son bébé Kori, Donna et Iceman. Les *Beautiful Dead* et leur suzerain, Hunter, le visage fermé, incarnation de la puissance. Ils paraissaient tristes et graves, très affectés par la disparition de Lee.

— Excuse-moi, m'a lancé Arizona en venant à ma rencontre. Hunter m'a demandé de revenir au plus vite. As-tu pu parler avec Raven ? a-t-elle ajouté, anxieuse.

— Oui. Et je lui ai dit tout ce que tu voulais que je lui dise.

Elle a bu mes paroles, comme si la moindre fibre de son espérance, aussi fragile que les toiles d'araignée, dépendait de ma réponse.

— Comment va-t-il ?

— Je ne vais pas te mentir. Et puis, tu l'as constaté en personne. D'après Allyson, il continue de t'attendre.

— Allyson ? a-t-elle marmonné, un éclat affolé dans les yeux.

— Elle a débarqué sans crier gare. À la fin de notre conversation, elle a confirmé qu'elle ne voulait plus que tes grands-parents lui rendent visite. Elle compte embaucher un pro.

— Bon sang ! s'est emportée Arizona. Elle n'a pas le droit ! Raven a besoin de ses proches.

— Je suis désolée. Mais tu sais, Allyson n'est pas telle que je l'imaginais. Elle tient à Raven, plus que je le pensais.

— Assez pour le coller dans cet établissement ! Assez pour ne pas s'intéresser à des sujets comme les régimes, les toxines et les thérapies modernes !

— Ce n'est pas ce qu'elle m'a raconté, me suis-je bornée à commenter avant de me tourner vers Hunter. Rien de tout ce que j'ai appris ne cadre avec les apparences.

— Y compris Arizona, a-t-il souligné. Qui se serait attendu à ce qu'elle souffre vraiment ?

— C'est vrai. Écoute, Arizona, quoi qu'il arrive, je te promets que je n'abandonnerai pas Raven.

— Tu le jures ? s'est-elle empressée de répondre, s'accrochant à mon engagement comme un homme tombé à la mer s'agrippe à une bouée de sauvetage. Tu seras le lien avec le passé. Tu l'empêcheras de m'oublier ?

— Je t'en fais le serment. Quand j'ai prononcé ton prénom, il a réagi, a établi une relation avec moi. Et, comme tu m'en avais priée, je lui ai transmis que tu l'aimais.

À ce stade, Arizona aurait sans doute accepté de regagner définitivement les limbes. Elle avait obtenu ce qu'elle voulait, l'assurance que, à l'avenir, je veillerais sur Raven, qu'il avait vaguement compris qu'elle avait déployé tous ses efforts pour lui. J'ai été convaincue qu'elle se fichait de la façon dont elle était morte, de ce qui lui était réellement arrivé.

Sauf que les Revenants avaient une mission – découvrir la vérité – et que c'était Hunter qui commandait.

— Nous n'avons plus que vingt-quatre heures, nous a-t-il rappelé. Le décès d'Arizona continue d'avoir l'air d'un suicide, à moins que Darina n'ait un fait nouveau à nous apporter.

Tous les regards se sont braqués sur moi.

— Faisons le point, a suggéré Summer pour détendre l'atmosphère. Qu'avons-nous, Darina ? Un copain qui vit sur les nerfs parce que Sable risque de découvrir sa liaison avec Arizona ; une famille Taylor déchirée par des luttes et des disputes incessantes.

— Et des grands-parents prêts à aider mais tenus à distance, ai-je enchaîné. Plus un petit frère qui fugue de sa pension le matin même du jour où sa sœur se noie.

— Pensez à m'ajouter au tableau, est intervenue cette dernière. La fille dérangée qui n'a ni amis ni proches à qui parler. C'est peut-être ça, la clef. J'ai cédé à la pression et je me suis jetée dans le lac, comme la police l'affirme.

Pour la première fois de sa vie, Summer a semblé céder à la colère.

— Tu n'y crois tout de même pas ! a-t-elle crié à la figure d'Arizona. Tu es une battante, tu ne te rends pas.

— Il aura suffi d'une fois, a riposté l'intéressée en secouant la tête.

— Pas d'accord, ai-je lancé, en me rangeant du côté de Summer. La situation avec Kyle avait beau être sans issue et te miner, tu n'aurais jamais abandonné Raven. Non, quelqu'un d'autre est forcément impliqué, et tu bloques dessus, comme si le traumatisme était trop grand.

— Tu devrais retourner à Ellerton, Darina, a dit Hunter. Phœnix t'accompagnera. Si tu décides d'affronter Kyle Keppler afin de lui demander où il se trouvait et qui il a vu le jour de la mort d'Arizona, Phœnix sera là pour te défendre en cas de besoin.

En effet, pour peu que Kyle cède à la violence, mon chéri n'aurait qu'à recourir à ses superpouvoirs. Avec lui, je ne risquais rien. J'ai également deviné que Hunter n'aurait pas privilégié cette tactique si nous n'avions pas été dans l'urgence. Notre délai était affreusement court, et l'objet principal de notre quête restait à élucider. Me tournant vers Phœnix, j'ai constaté qu'il avait peur pour moi.

— Hé, ne te bile pas ! ai-je rigolé. Au moins, nous passerons une nouvelle nuit ensemble.

— Tu n'obtiendras rien de Kyle, s'est interposée Arizona, insensible à mon humour. Il n'a rien à voir là-dedans.

Tout le monde était sceptique. Le silence général en a été la preuve.

Nous étions dans le fenil et nous avions baissé la garde. Sinon, nous aurions entendu les motos qui se rassemblaient du côté du rocher de l'Ange. La meute de chasseurs de fantômes était arrivée de Forest Lake sur des Harley et des Kawasaki. Elle était composée de gros durs qui avaient cru aux délires du vieux pêcheur, lequel était redescendu en ville en colportant une histoire invraisemblable sur un jeune pris dans la tempête, qui s'était noyé dans la rivière et dont le corps sanglant et lumineux s'était volatilisé sous ses yeux. Au début, tous avaient ricané en traitant le gars de fou et ils avaient avalé une ou deux bières supplémentaires. Puis quelqu'un avait proposé de monter jeter un coup d'œil.

— File là-bas, Iceman ! a ordonné Hunter quand il a enfin repéré les grondements des moteurs. Donna, va avec lui. Érigez une barrière ! Que personne ne passe !

Les ordres tombaient dru. Summer, Ève et Arizona se sont vu confier la mission de contourner les bécanes et de revenir par le chemin du pic d'Amos.

— Nous allons les encercler, a-t-il expliqué. Nous les prendrons en tenaille et nous les repousserons le long de la crête. Vous avez carte blanche !

Quant à Phœnix et à moi, nous avons été priés de nous cacher dans la ferme en attendant que le problème ait été réglé.

— Allez ! nous a-t-il pressés en nous entraînant dans l'escalier. Et n'oubliez pas de vous enfermer à clef.

Nous avons obéi. Tandis que les *Beautiful Dead*, silencieux et agiles comme des ombres, s'égaillaient dans les collines et la forêt de trembles que le crépuscule commençait à obscurcir, nous avons traversé la cour.

— Hunter est fou de rage, m'a confié mon amoureux. Il s'en veut de ne pas avoir posté de sentinelles. Maintenant, nous sommes tous dans le pétrin.

— Même lui commet parfois des erreurs, me suis-je contentée de souligner avec un haussement d'épaules.

Je me sentais en sécurité dans la maison, bien que les murs ne soient que des rondins grossiers et que le verrou de la porte soit rouillé. J'étais heureuse que le suzerain ait choisi Phœnix pour veiller sur moi.

— Raconte-moi ce qui se passe au rocher de l'Ange, ai-je réclamé.

Il s'est concentré, aux aguets.

— Donna et Iceman sont en position. Les motards discutent entre eux.

— Tu captes ce qu'ils disent ?

Personnellement, je ne percevais que les bruits de la nature, murmure des herbes sèches et chuchotis des feuilles d'arbre agitées par le vent.

— Qui sont-ils ? ai-je demandé.

— Je peux te donner leur nombre, mais pas leur identité. D'après Iceman, douze ou treize. Lui et Donna ont commencé à les entraîner du côté de la crête. Arizona et les autres ne vont pas tarder.

— J'espère qu'ils s'enfuiront sans résister.

J'ai frissonné, n'appréciant guère que la lumière ait baissé et que nous ne soyons pas en mesure d'allumer les lampes, sous peine de trahir notre présence. Assis dans le noir, nous avons attendu.

— Ça marche, a fini par murmurer Phœnix. Ils s'en vont. Face à nos barrages, ils jouent moins les gros bras.

J'ai imaginé l'affolement qui avait pu s'emparer des motards, une panique qui avait dû débuter par un vague malaise engendré par les premiers battements d'ailes, puis qui était devenue une véritable frousse avec l'apparition des têtes de mort, avant de se sublimer en un abrutissement total. En dépit des airs bravaches dûs à la bière, ils s'étaient sans doute couchés sur leur guidon pour se sauver à toute vitesse sans demander leur reste.

— Deux d'entre eux se sont séparés du groupe, a annoncé Phœnix qui, en alerte, a filé vers la fenêtre. Tu les entends ? Ils viennent par ici.

— Tu en es sûr ?

— Tu es sourde, ou quoi ? Iceman les poursuit.

Le rejoignant près de la croisée, j'ai tendu l'oreille jusqu'à distinguer des grondements mécaniques. Le cœur au bord des lèvres, j'ai contemplé la pente obscure.

— C'est sérieux, a-t-il repris. Ils ont beaucoup d'avance sur Iceman. Je ne crois pas qu'il réussira à les rattraper.

Soudain, deux phares aveuglants ont transpercé la nuit tombante, leurs faisceaux illuminant tantôt les déclivités du sol, tantôt le ciel au gré des cahots du terrain.

— Qu'est-ce qu'on fait ? ai-je soufflé.

— Toi, tu ne bouges pas d'ici, m'a ordonné Phœnix. Moi, je file aider Iceman.

— Mais Hunter t'a dit de rester dans la ferme !

— Non, c'est à toi qu'il s'adressait. Planque-toi et verrouille la porte. Tout ira bien.

Il s'est glissé sur la véranda.

— Ferme derrière moi, Darina !

Serrant les dents, j'ai remis la targette en place. Puis, appuyée au battant, j'ai essayé de respirer tout en épiant l'extérieur à travers la vitre sale. Les deux machines dévalaient la pente, leurs phares jaunes déchirant l'obscurité. Dans la cour, Phœnix a trouvé un moyen de les arrêter. Attrapant un rouleau de fil barbelé stocké près de la grange, il l'a lancé devant la plus proche des motos. Le conducteur a freiné. Il a dérapé, et son engin a glissé, coupant le chemin à son acolyte. Les motos se sont percutées, et les deux hommes ont roulé à terre. L'instant d'après, Iceman rejoignait Phœnix.

Deux *Beautiful Dead* affrontant deux motards sans cervelle de Forest Lake, le combat n'était pas égal. Je m'attendais à ce que Phœnix et Iceman s'emparent des intrus et les secouent comme des pruniers avant d'effacer leur mémoire et de les renvoyer chez eux avec un sérieux mal de crâne.

Malheureusement, ce n'est pas ce qui s'est passé. Dans la lumière des phares qui ne s'étaient pas éteints mais rasaient le sol, j'ai vu que le premier gros dur se relevait et titubait en direction de la maison. Son copain, lui, avait cédé à une fureur sans nom. Ramassant le rouleau de barbelé, il l'a jeté sur Iceman et Phœnix. La bobine s'est déroulée à leurs pieds, sorte de serpent mortel qui les a obligés à reculer. Pendant ce temps, l'autre grimpait sur la véranda. Il s'est adossé à un mur en soufflant comme un phoque. D'aussi près, je l'ai identifié, en dépit de la nuit. Kyle Keppler. Comme par hasard !

Une bouffée de panique m'a submergée, au point que mes genoux ont flageolé. Mes amis les Revenants étaient piégés, et le gars que je soupçonnais d'avoir tué Arizona se tenait à moins d'un mètre de moi. Il se remettait peu à peu du choc de sa chute et cherchait une arme afin de lutter contre ses agresseurs. Il a fini par ramasser une hache à long manche qui traînait dans le coin.

— Phœnix ! ai-je hurlé depuis l'intérieur de la ferme.

Derrière la fenêtre, j'étais carrément visible. Keppler m'a entendue et reconnue. Au lieu de se ruer sur son ennemi, il a brandi la hache et l'a abattue sur la porte, entamant le bois et brisant l'imposte en mille morceaux. Un deuxième coup a fracassé le verrou, et le battant a cédé.

— Par ici, Jonno ! a-t-il crié. Attrape ça !

Il a lancé son outil comme s'il s'agissait d'un tomahawk. Jonno... Jon... Jon Jackson ! Le beau-frère de Kyle, son siamois inséparable. Jackson a habilement récupéré la hache et s'en est servi pour obliger les *Beautiful Dead* à se replier vers la grange. Conséquence, je suis restée seule dans le noir pour affronter Kyle Keppler. La terreur m'a figée sur place. Je me suis vue morte.

— Numérote tes abattis, ma fille, m'a-t-il lancé en franchissant le seuil dans un bruit de verre écrasé. Tu t'es mise sur mon chemin une fois de trop. Je ne sais pas ce qui se trame ici, mais tu es au cœur de tout cela.

— Il ne se passe rien du tout, ai-je protesté. Des élèves d'Ellerton et moi, il nous arrive de traîner dans le coin.

J'ai reculé jusqu'au poêle. Kyle me dominait de toute sa taille. Me saisissant par le poignet, il m'a brutalement ramenée au milieu de la pièce.

— Et ce sont ces gamins qui nous ont bombardés avec le barbelé ? Ils vont le regretter.

Fermant les paupières, j'ai prié pour que Jackson ne soit pas aussi doué que Keppler avec une hache. Phœnix et Iceman finiraient par en venir à bout, mais ça risquait de prendre un certain temps.

— Et si tu m'expliquais de quoi il retourne exactement ? m'a demandé Kyle en m'obligeant à m'asseoir à la table. J'ai entendu dire qu'un môme s'est noyé hier dans le torrent. Qui était-ce ? Où est le corps ?

— Je n'en sais rien ! Ce n'est pas à moi qu'il faut poser des questions !

Je me suis tassée sur moi-même quand il a levé la main. Bon sang, j'étais cuite, à moins que mon amoureux ne rapplique en vitesse.

— Arizona venait ici, ai-je tenté.

Le prénom a eu le don d'agir comme un frein. Le poing brandi n'est pas tombé sur mon visage.

— Personne ne connaissait cet endroit, à l'époque. Elle en appréciait le silence.

— Arizona fréquentait ce trou perdu ? s'est étonné Keppler, déstabilisé, tout en observant la pièce poussiéreuse. (J'ai remarqué au passage qu'il ne niait pas sa relation avec elle.) Quand était-ce ? Elle ne m'en a jamais parlé.

— Typique. Elle aimait aussi les secrets.

— Sauf que toi, tu étais au courant ?

— Nous discutions pas mal.

— De moi ?

— Oui. Elle m'a avoué qu'elle t'aimait. Qu'elle avait essayé de rompre, mais qu'elle n'en avait pas la force.

Un demi-sourire incrédule a étiré ses lèvres.

— Tu es sûre qu'il s'agit de la même fille ? Je n'ai jamais rencontré de nana aussi forte qu'elle.

— C'était une image destinée au monde. Tu n'imagines pas à quel point elle souffrait, à l'intérieur.

Sous la lumière de la lune, il m'a longtemps observée. Il a dû prendre ma dernière phrase pour une critique, car il a riposté :

— Elle n'avait qu'à rompre.

— Elle n'avait que dix-sept ans, ai-je rétorqué sans ciller.

Une synapse a sauté dans son cerveau, il s'est de nouveau transformé en psychopathe et s'est penché si près de moi que son haleine m'a effleurée.

— Qu'est-ce que tu racontes ? Je veux dire, que sais-tu vraiment ?

De façon inconsciente, il venait de prononcer les mêmes mots que sa défunte petite amie.

C'est dans cette posture que Hunter nous a découverts : moi, impuissante devant un Kyle Keppler qui m'arrachait à ma chaise et s'apprêtait à me gifler. Le suzerain s'est jeté dans la mêlée. En une fraction de seconde, il a réduit la force de mon agresseur à celle d'un bébé et l'a obligé à reculer, puis à tomber à genoux. Une seconde salve l'a envoyé à terre, où il s'est pris la tête entre les mains en piaillant de douleur. Impassible, serein, Hunter l'a contemplé.

— Toi, m'a-t-il ordonné, tu ne quittes pas cette pièce.

J'avais envisagé de filer dans la cour, ce qu'il avait deviné.

— Phœnix et Iceman se sont débarrassés de Jackson, a-t-il ajouté. Il est déjà reparti.

J'avais effectivement perçu le grondement aigu d'une moto et vu un faisceau de lumière balayer la colline.

— Tu as parlé d'Arizona à Keppler, a-t-il enchaîné. C'était risqué.

— Il fallait bien que je fasse quelque chose, me suis-je défendue. Il était tellement enragé que j'ai cru qu'il allait me tuer.

Hunter m'a contemplée de ses yeux gris et froids en clignant des paupières.

— Tu devrais avoir confiance en moi, Darina. Keppler ne représente pas un problème que je ne sois en mesure de régler.

— J'ignorais où vous étiez ! me suis-je écriée. J'ai pensé que vous étiez sur la crête, avec les autres.

— Je suis partout, a-t-il riposté en soulevant Kyle pour lui assener un nouveau coup d'hypnose de zombie. J'arrive toujours quand on a besoin de moi.

Il a jeté dehors un Kyle impuissant et privé de mémoire. Phœnix et Iceman l'ont installé sur sa bécane avant de lui montrer le chemin du retour.

— Eh bien, merci, ai-je marmonné.

C'était peu dire, au regard de ce à quoi je venais d'échapper, j'en avais conscience. Me tournant le dos, Hunter était planté sur le seuil et observait la fuite de Keppler.

— Tu es juste au bon endroit, a-t-il lâché comme s'il avait des yeux dans le dos, avec des intonations soudain distantes. Retire le tapis qui est sous tes pieds, Darina.

— Pardon ? ai-je demandé en fixant le plancher et la carpette fanée.

— C'est là que je suis mort. Vas-y.

Me baissant, j'ai soulevé un coin du tapis. Une tache sombre déparait le parquet grossier. Sous la lueur de la lune, elle était noire, mais elle avait sans aucun doute été rouge des années auparavant.

— Il s'agit bien de mon sang, m'a confirmé le chef des *Beautiful Dead.* Mentone m'a abattu juste ici.

Pourquoi me racontait-il ça maintenant ? J'ai frissonné.

— Marie se tenait près du poêle, a-t-il poursuivi d'une voix lente et hachée. Elle était sous le choc, paralysée par ce qui s'était passé. Mentone a brandi son revolver et tiré.

« Il vous a touché à la tempe, la balle a transpercé votre tête, je suis au courant. »

— Je n'ai confié cela à personne, a-t-il enchaîné avec lassitude. Durant toutes les années depuis mon retour, je me suis tu. Justice a été rendue aux autres de mon espèce. À de multiples reprises. Chaque fois qu'une âme errante est libérée, j'ai la satisfaction du travail accompli.

— Je ne comprends pas pourquoi vous me dites tout ça.

Hunter paraissait avoir stoppé la course du temps. J'étais prisonnière de la capsule de sa mémoire, je luttais pour m'en échapper. Il s'est retourné, m'a retenue dans le laser puissant de son regard.

— Pourquoi toi, Darina ? a-t-il murmuré. Je ne cesse de me répéter que tu ne lui ressembles même pas.

— À Marie ? ai-je chuchoté, le souffle court.

Était-ce ma faute si je lui rappelais son épouse ? M'infliger ça était injuste.

— C'était une femme bonne, heureuse, facile à vivre, sans part d'ombre, contrairement à toi. Marie était pleine d'entrain. Elle s'habillait très bien.

— Désolée que vous n'appréciiez pas mes vêtements, ai-je maugréé. C'était une autre époque.

— Et pourtant, quand je regarde tes yeux, ils sont identiques aux siens, a-t-il poursuivi en ignorant ma remarque. Les souvenirs douloureux resurgissent. Ils refusent de se laisser oublier.

— Pourquoi n'avez-vous jamais rien mis en œuvre pour que justice vous soit rendue à vous ? Vous aidez les autres Revenants, mais jamais vous.

— Cela ne se produira pas, a-t-il répondu en me fixant une fois encore. Je ne trouverai jamais la paix.

— Un jour peut-être, si, ai-je objecté sans trop y croire, sans non plus espérer le convaincre.

Il a poussé un long soupir.

— Remets le tapis en place, Darina. Nos amis nous attendent. Allons-y.

Tout le monde s'est réuni dans la grange. Les *Beautiful Dead* ayant dépensé beaucoup d'énergie à chasser les intrus de Forest Lake, ils ont commencé par rester assis en silence, attendant que Hunter leur annonce la suite de ses plans. Donna à côté d'Ève, Iceman montant la garde depuis le fenil, et Phœnix près de la porte. Tous étaient tendus et réagissaient au moindre bruit en échangeant des coups d'œil inquiets.

— Alors, Phœnix va passer la nuit avec toi à Ellerton ? m'a demandé Arizona.

C'était elle qui semblait la plus agitée et effrayée du groupe. Consultant ma montre, j'ai constaté qu'il était presque minuit.

— Oui. Donne-moi une bonne excuse pour expliquer mon retard.

— Laura ?

— Exact. Laisse tomber la panne d'essence, je la lui ai servie des centaines de fois déjà.

— Dis-lui que tu étais chez Logan et que tu n'as pas prêté attention à l'heure. Normalement, ça marche. Fais-la parler pendant que Phœnix se glisse dans la maison.

— D'accord, je vais essayer. Demain, j'irai trouver ton petit copain. Je lui demanderai carrément si tu lui as rendu visite le jour de ta mort ou s'il t'a accompagnée sur les rives du lac Hartmann.

— Il te répondra que non, s'est-elle impatientée.

— Dois-je pour autant le croire ? Réfléchis bien, Arizona. Es-tu allée au centre commercial ? L'as-tu coincé pour lui demander une dernière fois de quitter Sable ?

Un éclat de colère a traversé ses yeux.

— OK, Darina, imaginons que tu aies raison. Je me rends à Mike's Motors. Kyle bosse. Il n'est pas content de me voir. « S'il te plaît, largue ta copine enceinte avec laquelle tu as bientôt l'intention de te marier. Nous sommes faits l'un pour l'autre, toi et moi. On n'a pas le droit de séparer des âmes sœurs. » Bref, trop de pression pour Kyle, qui pète un câble. Il tient peut-être un outil, quelque chose de lourd. Nous nous battons. Il me frappe, exprès ou par accident, je m'écroule.

— Tais-toi ! l'ai-je interrompue.

J'avais l'impression qu'elle était à deux doigts de basculer dans la folie.

— Tu n'as jamais réclamé de voir la marque de ma mort, Darina, n'est-ce pas ? Dois-je te la montrer ? Ça te plairait ?

— Non. Arrête ! Si tu as oublié, d'accord. Je suis désolée, je ne voulais pas te pousser dans tes retranchements.

— Si, si, a-t-elle insisté en me toisant d'un regard presque aussi puissant que celui de Hunter et qui m'a privée de toute ma volonté. Je parie que tu t'attends à ce que mon tatouage soit sur ma poitrine, histoire de symboliser ma noyade. Eh bien, figure-toi que non.

— Où, alors ? ai-je rétorqué, consciente qu'elle allait l'exhiber, que je le veuille ou non.

Lentement, elle a soulevé ses longs cheveux qu'elle a noués en écheveau de soie noire, puis elle s'est tournée afin d'exposer sa nuque. La peau en était laiteuse, la moindre vertèbre saillait, vulnérable.

— Tu la vois ? a-t-elle chuchoté.

Les ailes d'ange étaient situées au milieu de son cou, sombres sur fond blanc, délicates, parfaitement dessinées.

— Oui, ai-je répondu. Tu ne t'es pas noyée. Tu t'es brisé la nuque. C'est ça qui t'a tuée.

10

Lorsque je suis rentrée à la maison, Laura avait dépassé le stade de la bagarre pour arborer son air de femme blessée, style : « OK, je ne suis que ta mère, je ne m'attends pas à ce que tu fasses preuve de respect ni de considération à mon égard. »

— Désolée, je n'ai pas songé à regarder l'heure, ai-je marmonné en me dirigeant vers l'escalier.

— Jim a téléphoné. Il a eu un accident. Un de ses pneus a éclaté, et il a dérapé dans le fossé.

Je me suis arrêtée net.

— Il va bien ?

— Oui. La voiture a été remorquée. Il passera la nuit dans un motel.

— Et toi, ça va ?

Visiblement, non. Elle était blême, et ses yeux étaient rouges à force d'avoir versé des larmes.

— Qu'est-ce qui ne tourne pas rond dans cette famille, avec les voitures ? a-t-elle soupiré. Ou plutôt, qu'est-ce qui ne tourne pas rond tout court dans cette famille ?

— Écoute, il n'a rien, c'est déjà ça.

Phœnix avait largement eu le temps de se faufiler par la fenêtre de ma chambre. Quant à l'implication de Jim dans un accident sans gravité, c'était le cadet de mes soucis.

— Va te coucher, ai-je ajouté. Tout ira mieux demain matin.

— Où étais-tu, Darina ? a-t-elle lancé, exaspérée. Et ne me raconte pas que tu étais chez Jordan ou Hannah, j'ai déjà vérifié.

— Chez Logan.

J'ai filé. Je savais qu'elle ne prendrait pas le risque d'appeler là-bas, par peur de tomber sur son père qui, comme d'ordinaire, serait ivre.

Phœnix m'attendait dans ma chambre. Sa beauté envahissait l'espace et c'était divin. Je ne m'habitue ni à sa splendeur, ni à la manière dont mon âme s'envole chaque fois que je le vois, ni au sentiment de sécurité qui me submerge en sa présence, quand bien même nous sommes menacés par un danger. Je me suis jetée dans ses bras, et il m'a serrée contre lui. Je suis le centre de son monde, comme lui du mien. Nous constituons chacun une partie de l'autre, personne ne peut nous séparer.

Nous nous sommes allongés sur le lit, oublieux de tout sauf de cet instant privilégié, heureux. Son visage était tout proche, ses cils sombres ombraient ses yeux gris pâle, ses lèvres étaient douces sur ma peau.

— À quoi songes-tu ? m'a-t-il demandé au bout d'un long moment de silence.

— À rien. Juste à la perfection de rencontres comme celle-là.

— Avons-nous enfin stoppé la course du monde pour nous en éloigner ?

— Je crois. Nous flottons dans l'espace, au milieu des planètes, dans l'obscurité et la quiétude. Personne n'est en mesure de nous déranger.

— Le temps a cessé de s'écouler ?

Hochant la tête, je l'ai embrassé, doucement d'abord, plus passionnément ensuite. C'est lui qui s'est dégagé le premier.

— Je t'aime tant que c'en est douloureux, a-t-il soufflé en s'asseyant au bord du lit.

Savoir que nous disposons d'un délai si court pour être ensemble, et que je ne suis pas libre de mon destin me fait mal.

— Hunter te surveille-t-il ?

— Toujours.

— Il a recommencé avec cette histoire de Marie, lui ai-je annoncé en enfouissant ma paume dans la sienne, si vaste. Tout à l'heure, il m'a demandé de regarder la tache de sang sous le tapis. Il a eu assez confiance en moi pour me livrer ce secret.

— Tu lui rappelles sa femme. Malgré les trois ou quatre générations qui vous séparent.

— D'après lui, j'ai ses yeux.

Le souvenir de ma conversation avec le suzerain m'a ébranlée, et j'ai frémi.

— Hunter m'effraie, Phœnix. En même temps, j'ai de la peine pour lui.

Mon chéri a souri.

— Il n'a pas besoin de ça, crois-moi.

— Un jour peut-être, j'enquêterai sur ce drame. Quand je pourrai. Une fois résolu le mystère Arizona. (Et lorsque les *Beautiful Dead* auraient quitté l'autre versant pour se reposer et se régénérer.) Le meurtre commis par Peter Mentone doit bien figurer quelque part. Je pourrais consulter les archives, à la bibliothèque ou au journal local. Ils gardent ces choses, non ?

— J'imagine que oui, a éludé Phœnix pour qui les détails de l'histoire de Hunter n'étaient pas une priorité. Qu'as-tu pensé quand Arizona t'a montré la marque de sa mort ?

Sa façon de relever ses cheveux pour dévoiler son tatouage m'avait donné l'impression qu'elle remettait son destin entièrement entre mes mains.

— J'ai été choquée. Se pourrait-il qu'il s'agisse d'un accident, finalement ?

— Et en rien d'un suicide ?

— Pourquoi pas ? Les berges du lac Hartmann sont pleines de rochers. Elle a pu glisser.

— Mais que fichait-elle là-bas ? a-t-il objecté en jouant avec les lignes de ma main (celle de cœur croisant celle de vie). Arizona n'était pas du genre à marcher, et il n'y avait aucun véhicule sur place.

— Quelqu'un l'aurait donc conduite au lac ? Et quand bien même elle aurait eu un accident, pourquoi cette personne n'a pas tenté de la sauver ?

— Ou n'a pas prévenu les secours ? C'est un couple de randonneurs passant dans le coin qui a aperçu son cadavre flottant à la surface.

J'ai réfléchi durant quelques minutes.

— Essayons cette théorie, ai-je décrété ensuite. Arizona rend visite à Kyle au garage. Elle est désespérée. Elle prend pour excuse une réparation à effectuer sur sa voiture. Lui redoute qu'elle n'en révèle trop devant son patron, Mike Hamill, si bien qu'il propose de l'emmener plus tard dans la matinée au lac. L'endroit est isolé, on ne les verra pas.

— Ils s'y retrouvent, a enchaîné Phœnix. Ça dérape. Arizona menace Kyle. Elle jure qu'elle empêchera son mariage avec Sable. Nous savons qu'il est brutal. Il la frappe, elle trébuche, tombe, se cogne si fort qu'elle se brise la nuque.

Le scénario paraissait logique.

— Kyle prend peur, ai-je poursuivi. Il ignore si Arizona est vivante ou morte, mais comprend qu'il est confronté au problème le plus grave de son existence : comment expliquer ce qui vient de se passer ? L'eau est profonde, il pense avoir la solution, il la jette dans le lac.

À force de formuler les détails de la scène à voix haute, nous leur donnions une réalité totalement convaincante.

— Ensuite, il s'en va. Il n'a pas besoin d'alibi, rares sont ceux qui connaissent sa liaison avec Arizona. Il joue la stupeur lorsque le corps est découvert. Les enquêteurs apprennent peu à peu que la victime était une solitaire, qu'elle était déprimée, et ils rendent un verdict concluant au suicide. Tout colle, la famille ne proteste pas. Emballez, c'est pesé.

— Par ailleurs, la ville est sous le choc, car c'est le deuxième décès d'un lycéen en quelques semaines. Jonas, et maintenant Arizona. C'est alors qu'on commence à évoquer une malédiction frappant les élèves d'Ellerton. Personne ne réfléchit, parce que tout le monde a les jetons.

— Et Kyle s'en sort.

— Ça, c'est ce qu'il croit. C'est compter sans les *Beautiful Dead.*

Nous avons médité sur notre histoire si bien ficelée. J'étais plus que jamais déterminée à faire cracher le morceau à Kyle Keppler.

— Combien de temps avant que le jour se lève, et que nous partions pour Forest Lake ? ai-je demandé à Phœnix.

Il a regardé le ciel étoilé et la lune.

— Suffisamment pour que tu dormes un peu. Repose-toi, je monte la garde.

C'est dur à croire, mais j'ai réussi à somnoler. Phœnix m'a tenu la main et ne l'a pas lâchée avant que je me réveille, lorsque le soleil, rouge sang et or, s'est levé au-dessus des cimes. J'ai ouvert les yeux sur la lumière enchanteresse qui illuminait ses traits magnifiques.

— C'est aujourd'hui ou jamais, m'a-t-il rappelé.

Comme si c'était nécessaire !

Nous avons quitté la maison par la fenêtre, tels deux voleurs. Une fois dans la voiture, je suis descendue en roue libre le long de l'allée, ne mettant le contact qu'après m'être suffisamment éloignée de chez moi. Nous avons filé vers Centennial et la nationale.

— Évite Peak Road m'a conseillé Phœnix. Prends plutôt la route de derrière. Ça raccourcit le trajet de quelques kilomètres.

— À vos ordres !

Les rues désertes et la perspective qu'il s'agissait là de notre dernière tentative pour aider Arizona m'exaltaient. Parce que Phœnix était avec moi, je n'avais pas peur d'affronter Kyle Keppler, ce qui me changeait.

— Il faut que nous arrivions à Forest Lake avant qu'il ne parte bosser.

— Et peu importe si Sable te voit, maintenant. Nous avons tout essayé pour qu'il avoue.

— Tu seras là ?

— À chaque étape. Bon, appuie sur le champignon. Mets la gomme, Darina !

Nous avons traversé les montagnes baignées dans des lueurs rouge et or, soulevant un nuage de poussière sur le chemin non asphalté, sans croiser d'autre véhicule. Phœnix portait des lunettes de soleil. Le col rond de son tee-shirt blanc formait un contraste appuyé avec celui en V de son blouson de cuir à demi ouvert. J'ai allumé la radio, et nous avons écouté une chanson folk qui parlait d'adieux entre amoureux. Une mort cruelle frappait la fille. « Dis au revoir, Marianna s'en va / Dis au revoir, Marianna est partie. » Le refrain a fini par se graver dans mon esprit.

Nous avons atteint Forest Lake, un bled qui avait du mal à s'arracher à son passé et entrait à peine dans le XXIe siècle. De petites maisons en bois bordaient la rue principale, le long de laquelle étaient garées des voitures et des camionnettes en fin de vie. Les volets étaient encore fermés, un cerf qui s'était éloigné de la forêt paissait une pelouse miteuse. L'unique lumière était celle du restaurant où j'avais commandé un café et contemplé le chien errant marron et blanc.

— Ils vivent sur White Eagle Road, ai-je annoncé à Phœnix.

Soudain tendue, j'ai agrippé plus fort le volant et me suis efforcée de ne pas penser à ce qui nous attendait, histoire de ne pas craquer.

— Attention ! Tu viens de brûler un feu rouge.

En vérité, je ne l'avais même pas remarqué ! Nous étions maintenant dans la bonne rue. J'ai remonté jusqu'au 505, cherchant des yeux le camion rouge de Keppler.

— Nous y sommes, ai-je dit en désignant la baraque entourée de barbelés et le jardin envahi par les mauvaises herbes.

Seulement, il n'y avait ni pick-up, ni chiens, ni signe de vie.

— Personne ! a commenté Phœnix en observant les lieux. Bizarre. Où sont Sable et le bébé ?

— Attends, laisse-moi aller frapper.

L'estomac noué, je suis entrée dans la cour. J'ai examiné l'endroit, en quête de la poussette ou de linge en train de sécher. Rien. J'ai cogné au panneau en verre de la porte, réveillant le clebs de la maison voisine. On ne m'a pas ouvert. Le labrador d'à côté griffait la palissade en bois. Il a sauté si haut que j'ai aperçu sa tête grossière toute noire et ses mâchoires béantes.

— Bon Dieu, Troy ! Arrête ce vacarme ! a crié une voix.

Une décolorée maigrichonne à l'air fouineur est apparue.

— Qu'est-ce que vous voulez ? m'a-t-elle lancé, pas plus aimable que son cabot.

— Je suis venue voir Kyle. C'est bien sa maison, non ?

— Y a personne. C'est pourtant pas difficile à deviner, non ?

— Où sont-ils allés ?

La voisine a avancé jusqu'au trottoir, où elle a attendu que je la rejoigne.

— Qui c'est ça, ton petit ami ? a-t-elle demandé après un coup d'œil à ma voiture.

Assis sur le siège passager, Phœnix avait remonté son col et tournait la tête dans la direction opposée.

— Oui. Alors, où sont Kyle et Sable ?

— On s'en moque, a rétorqué la femme avec circonspection, cependant que, derrière elle, le labrador continuait de gronder. Moins on les voit, mieux on se porte. Je vais peut-être avoir enfin un peu la paix.

J'ai tenté d'afficher une mine compréhensive et lourde de sympathie.

— De vrais fêtards, hein ?

— Des soulards, oui ! Ils boivent comme des trous alors qu'ils sont censés s'occuper de cette petite. Ça me fend le cœur.

— Ils sont bruyants ?

— Ils n'arrêtent pas de brailler, a soupiré la femme. Les chiens aboient, la môme pleure toute la nuit. Hier soir, ça a été encore pire que d'habitude. Tu vas la boucler, Troy ? J'essaye de discuter.

Le gros chien a ignoré la réprimande, et j'ai dû élever la voix.

— Oui, ai-je insisté, hier soir ?

— Kyle est rentré tard, complètement bourré, comme d'ordinaire. Le frère de Sable était là lui aussi, trop rond pour conduire droit.

— Jon Jackson ?

— C'est ça. Ce sont des potes de beuverie et de Dieu sait quoi encore.

J'aurais pu lui fournir la raison exacte pour laquelle ils étaient revenus ivres la veille au soir : la route de Foxton à Forest Lake passait devant trois bars. Une bière pour adoucir leurs tripes et leur crâne douloureux, une deuxième pour apaiser les idées folles de fantômes et de cadavres mystères. Il leur en avait cependant fallu plus de deux pour se remettre de ce que Hunter, Phœnix et Iceman leur avaient infligé, et ils avaient dû rester pour en avaler une troisième, voire une quatrième.

— Comme je me tiens sur la véranda de derrière avec le chien, j'entends tout, a enchaîné la pipelette, qui ne demandait qu'à se confier. (À mon avis, elle ne dormait pas beaucoup et elle était ravie d'avoir une oreille compatissante.) Kyle se casse la figure sur les saletés qui traînent dans la cour, il jure, les clebs beuglent, leur fillette se réveille et se met à pleurer. Sable en a ras le bol et, croyez-moi, ce n'est pas une tendre. Elle ne lui fait pas de cadeau. Son frère prend le parti de Kyle. Bientôt, la troisième guerre mondiale va éclater à vingt mètres de chez moi.

— J'espère qu'ils n'en viennent pas aux mains.

La bonne femme a haussé les épaules, affichant avec clarté qu'elle ne considérait pas les violences conjugales comme une activité particulièrement répréhensible.

— C'est le boucan que je ne supporte plus, a-t-elle soupiré. Hier, Sable a gueulé que c'était la goutte de trop. Elle a emballé ses affaires et s'est transportée chez sa mère avec le bébé.

— Vraiment ?

La fouineuse a souri, révélant un trou entre ses dents de devant.

— Avec la camionnette de Kyle. Ça lui est resté en travers de la gorge. Sable se tire, et il la poursuit dans la rue en lui criant de lui ramener sa bagnole, ses chiens et sa môme, sinon il la bute. Quelle blague ! C'était juste après minuit, je vous l'ai précisé ?

— Apparemment, Sable en a eu sa dose. Qu'est-ce qu'ont fait les gars, après son départ ?

— À votre avis ? Ils ont picolé encore quelques bières. Je leur ai envoyé Troy, tellement j'étais furax. Sauf que Kyle lui a flanqué des coups de pied. J'ai entendu Jon dire qu'il allait chercher le fusil dans la baraque.

Quand j'ai rappliqué pour récupérer mon chien, ils se sont fichus de moi.

— Et Jon a sorti l'arme ?

— Je n'ai pas attendu qu'il le fasse, ma petite. J'ai attrapé Troy et je suis revenue dans mon jardin. Ils ont encore pas mal braillé et juré, puis ils ont démarré leurs motos. Je les ai vus filer dans la rue, fin de l'histoire.

Phœnix et moi sommes retournés en vitesse à Ellerton. Nous sommes arrivés à Mike's Motors à neuf heures trente. Cette fois, nous cherchions la Dyna noire et chromée de Kyle plutôt que sa fourgonnette rouge.

— Gaffe ! a soufflé Phœnix tandis que je me garais sur le parking en béton devant l'atelier. Kyle doit avoir pété un plomb.

— D'autant que sa femme vient de le quitter. Je ne m'attends pas à être reçue avec des roses.

— Pour peu qu'il soit venu travailler.

Nous avons regardé alentour : pas de Harley.

— Bon, je vais voir, ai-je fini par décider.

Au lieu de me laisser agir seule, Phœnix s'est dématérialisé.

— Je serai juste à côté de toi, m'a-t-il promis en se dissipant peu à peu dans un halo.

J'entendais sa voix et le bruit de ses pas qui montaient la rampe avec moi, mais je ne le voyais pas : l'effet était vraiment très curieux.

— Salut ! ai-je lancé à un quinquagénaire (le patron, sans doute) penché sur le moteur d'une Toyota bleue. Nous... Je cherche Kyle Keppler.

— Eh bien, comme ça, on est deux ! m'a-t-il rétorqué en se redressant. Si vous le croisez avant moi, avertissez-le qu'il a perdu son boulot, et que ce n'est pas la peine qu'il revienne.

Prise de court, j'ai inspiré un bon coup... et toussé à cause des vapeurs d'essence.

— Vous l'avez renvoyé ? Depuis quand ?

— Huit heures ce matin, quand il n'a pas daigné se montrer.

Mike s'exprimait d'une voix sans passion, et j'ai eu l'impression que Kyle avait franchi la ligne blanche une fois de trop.

— Je lui ai donné sa chance, il l'a gâchée, a-t-il d'ailleurs confirmé.

— Mais il est père de famille ! ai-je protesté. Que vont-ils devenir, s'il n'a plus d'emploi ?

Attrapant un chiffon sale sur un bidon d'huile voisin, le garagiste s'est essuyé les mains. Il avait une longue moustache brune qui le vieillissait et tranchait sur ses cheveux et ses sourcils gris. Son jean était lâche et taché, sa chemise à carreaux tendue sur son ventre rebondi.

— Écoutez, a-t-il repris, ce n'est pas vos oignons, mais sachez que si je n'ai pas viré ce bon à rien plus tôt, c'est justement à cause de sa famille. Mon épouse est copine comme cochon avec la mère de Sable, et toutes deux ont insisté pour que je le garde ici. Et bla, et bla, et bla. Vous connaissez les bonnes femmes. Et puis, c'est vrai que quand il est sobre, il s'y connaît en mécanique.

— Alors, vous ignorez où il se trouve en ce moment ?

Le temps filait, et la disparition de Kyle n'arrangeait pas mes affaires.

— Il doit pioncer et dorloter une gueule de bois d'enfer, a rétorqué Mike en soulevant sa casquette pour se frotter le front du revers de la main. On raconte en ville qu'il a encore trop forcé sur la bibine hier soir. D'après ma femme, Sable a enfin pris la décision de retourner chez sa mère.

J'ai joué les innocentes.

— Oh, mon Dieu ! Mais c'est affreux ! Sa vie est en train de se disloquer de partout !

— Quand un gars s'imbibe et court de cette façon, ça n'a rien d'étonnant.

Mike a gagné un minuscule bureau et s'est assis sur un fauteuil pivotant. Se saisissant du téléphone, il s'est apprêté à composer un numéro.

— Hum... courir... comme courir les jupons, vous voulez dire ? Il y a d'autres femmes ?

Cette fois, j'étais si ébahie que je n'ai pas eu besoin d'endosser un rôle.

— Au moins une demi-douzaine.

Soudain, Mike a commencé à me regarder avec suspicion et à se demander pourquoi je m'intéressais autant à son ancien employé.

— Écoutez, ma petite, si vous êtes sa poule actuelle, vous devez savoir que vous n'êtes que la dernière d'une longue liste. Depuis le temps, tout Ellerton y est passé.

— Je ne suis pas... Peu importe. (Il fallait vraiment que j'éclaircisse ce point.) Donc, Kyle a continué à draguer à droite et à gauche après s'être mis avec Sable ?

— Ce n'est pas une régulière et un bébé qui changeront un type comme lui, a lâché Mike avec mépris. Mais allez donc raconter ça à Sable. Karen, ma femme, a bien essayé de la prévenir que Kyle la trompait. Il y a quoi ? Un an, dix-huit mois.

De son doigt boudiné, il a tapoté sur le clavier du téléphone. J'avais tout juste le temps pour une dernière question.

— C'était l'époque où Kyle sortait avec Arizona Taylor, non ?

Mike a interrompu son geste et, de nouveau, m'a contemplée d'un air suspicieux.

— La môme qui s'est noyée ?

J'ai opiné.

— Ouais, a-t-il reconnu d'une voix lente. C'était à peu près à ce moment-là.

— Elle était mon amie.

— Désolé. Elle était trop jeune pour mourir. Vous ou quelqu'un d'autre tenant à elle aurait dû lui dire que Kyle était un sac d'embrouilles.

— Il était déjà trop tard quand j'ai appris leur liaison.

Remontant un an et demi auparavant, il a évoqué le souvenir d'Arizona.

— Pauvre gosse ! Elle aurait pu se trouver un type autrement mieux que Kyle Keppler. Je me rappelle quand elle traînait ici. Elle jouait les dures, sauf qu'elle n'en était pas une, pas vraiment.

— Elle est venue ici, le jour de sa mort ?

— Elle est venue ici des tas de fois, et ce jour-là aussi. Elle était furieuse quand elle a constaté que Kyle n'était pas là. Il devait cuver, comme d'hab'.

— Kyle était absent ?

— Affirmatif. Heureusement, c'était une journée calme. Ensuite, on a su, pour la gamine, Arizona.

— Merci, ai-je dit en poussant un gros soupir.

— Vous auriez préféré entendre autre chose, hein ? Kyle fait craquer toutes les nanas, mais je vous conseille d'arrêter tout de suite ce qu'il y a entre vous deux.

Mike était un type bien, et il a perçu ma déception. En revanche, il s'est complètement fourvoyé en m'assimilant à Arizona et en me rangeant dans la catégorie des petites amies trompées.

— Il n'...

— Franchement, ma petite, il n'en vaut pas la peine. Ce type est si peu fiable que je ne lui demanderais même pas l'heure.

Il était dix heures du matin en ce dernier jour du délai qui nous avait été imparti, et nous étions à des années-lumière de localiser Kyle. Me tournant dans la direction où j'estimais que se tenait Phœnix, je lui ai annoncé que nous piétinions. Quand il a parlé, j'ai deviné qu'il se tenait juste devant moi.

— Mike Hamill nous a appris bien des choses, a-t-il objecté. Et d'abord, qu'Arizona et Kyle ne s'étaient pas donné rendez-vous au lac Hartmann.

— C'est encore pire. Notre seule théorie s'écroule.

Un passant m'a surprise en train de bavasser seule, car il m'a jeté un drôle de regard au moment où je montais dans ma voiture, puis a sorti son portable de sa poche. J'ai entendu mon amoureux s'asseoir à côté de moi, et j'ai démarré sur les chapeaux de roue.

— Je regrette d'avoir appris que Kyle est un dragueur invétéré.

— Oui, c'est nul.

Nous pensions tous les deux à la réaction d'Arizona quand elle le découvrirait.

— Sommes-nous obligés de le lui révéler ? ai-je demandé.

— Tâche ardue. À mon avis, ce ne sera pas nécessaire, sauf si ça permet de résoudre le mystère de sa disparition.

— Ce que nous ne sommes pas près de faire, ai-je maugréé, frustrée, tout en roulant sans but précis à travers la ville. Keppler peut se trouver n'importe où. Comment allons-nous le coincer ?

Je me suis arrêtée à un feu rouge, et des piétons ont traversé devant nous. Parmi eux, une jeune femme avec une poussette. Il m'a fallu une seconde pour la reconnaître. Sable Keppler et son bébé !

— Gare-toi ! m'a conseillé Phœnix quand je l'ai prévenu.

Je me suis engouffrée sur l'aire d'une station-service. Nous avons observé Sable, qui avait rejoint une femme – son portrait craché en plus âgé, avec les mêmes cheveux bruns et la même mâchoire bien dessinée. Petites et minces, toutes deux étaient vêtues de jeans serrés et de chemises amples qui n'en attiraient que plus l'attention sur leurs jambes fines comme des allumettes. Des foulards rayés ceignaient leurs cous. Elles paraissaient plongées dans une intense conversation.

— Il faut que j'entende ce qu'elles se racontent, ai-je décrété.

Prenant le risque de quitter la voiture, j'ai traversé le carrefour avant de faire mine d'étudier une vitrine. Un faible craquement de cuir ainsi que des pas légers m'ont appris que Phœnix m'avait suivie. Le magasin vendait des cannes à pêche. J'ai tenté de paraître intéressée par les moulinets, les bouchons et les mouches.

— J'ai acheté des couches, a dit celle qui, sans aucun doute, était la mère de Sable. De quoi d'autre avons-nous besoin ?

— J'ai oublié l'assiette et la tasse préférées de Mischa à la maison, a répondu sa fille en consultant une liste. Je voudrais aussi des lingettes pour bébé et des tétines.

— On passera à la pharmacie en rentrant à la maison. Kyle a-t-il essayé de t'appeler ?

— Cinq ou six fois. Je n'ai pas décroché.

— Tôt ou tard, il faudra bien que tu lui adresses la parole, tu sais.

S'emparant de la poussette, la grand-mère est partie en direction d'un parking. Le bébé s'est agrippé à ses sangles et s'est retourné pour vérifier que Sable suivait le mouvement.

— Pas aujourd'hui, en tout cas, a lâché celle-ci en coupant son téléphone.

Je leur ai laissé un peu de distance avant de leur emboîter le pas. Ce n'était pas joli-joli d'assister ainsi au naufrage de cette famille. Jusqu'à présent, l'épouse et la gamine de Kyle m'avaient semblé irréelles. Sauf que là, Sable était tangible, le visage crispé par le vent glacé, la bouche tordue vers le bas. Quant à la petite, elle avait un prénom, Mischa. C'était un joli bébé aux boucles sombres.

— Écoute, j'ai appelé ton frère, a repris la mère au moment où elles arrivaient à leur véhicule.

— Tu n'aurais pas dû !

Furieuse, elle a sorti Mischa de la poussette et l'a installée sur son siège auto, avant de replier la voiture d'enfant avec des gestes trop brusques et de la jeter dans le coffre.

— Je me faisais du souci, s'est justifiée l'autre en ouvrant la portière côté conducteur. Si, comme tu le dis, il était ivre mort, il aurait pu avoir un accident de moto.

— Parce que tu crois que ça m'inquiète ? a répliqué Sable en se penchant pour vérifier que sa fille était bien attachée. Jon et Kyle sont de la même farine.

— Mais Jon est ton frère, chérie. Il t'aime. Il voulait discuter avec toi. Je lui ai donné rendez-vous ici.

— Quoi ? Tu lui as dit où nous trouver ! Écoute-moi bien, maman. Je n'ai aucune envie de parler à Jon. Ni maintenant ni jamais. Il est mon frère, certes, mais c'est un loser. Compris ?

— Voyons, chérie...

— Il n'y a pas de chérie qui tienne. Tu veux voir ton fils ? Parfait. Reste ici et attends-le. Mais avant, tu me donnes les clefs de la bagnole et je m'en vais.

Lui arrachant le trousseau, Sable est montée dans la voiture. Sa mère a tenté de passer la tête par la vitre.

— Où seras-tu ?

Sable a respiré un bon coup pour tenter de se calmer.

— Mischa est fatiguée. Je la ramène chez toi pour la coucher. Je n'ai pas d'autre endroit où aller, je te signale.

Phœnix et moi n'avions rien de mieux à faire que de la suivre. Regagnant vivement la décapotable, nous avons réussi à réintégrer la circulation à temps pour l'apercevoir qui bifurquait de la rue principale dans une rue latérale menant à la nationale. Sur Daler Street, les maisons étaient bâties en recul de la chaussée et séparées les unes des autres, plus vastes et plus jolies que celles de White Eagle Road à Forest Lake. Certaines étaient peintes en pastel jaune ou bleu, avec des vérandas blanches et des fleurs dans le jardin. Sable s'est engouffrée dans une maison à pignons gris qui aurait eu besoin d'être rénovée.

Je me suis garée le long du trottoir et je l'ai regardée sortir son bébé de la voiture. À l'intérieur, des chiens aboyaient.

— C'est vraiment la cata, pour elle, ai-je soupiré.

À côté de moi, Phœnix s'est matérialisé. Il paraissait tendu, hésitant.

— Oui, la situation est compliquée, a-t-il reconnu. Sable et Mischa ne méritent pas que leur vie se délite ainsi.

— À cause de nous.

Les yeux fixés devant moi, j'ai songé à ce qui allait arriver à cette famille si nous prouvions que Kyle avait tué Arizona.

— En même temps, ai-je ajouté, ils se débrouillent aussi très bien sans nous pour fiche en l'air leur avenir.

— Et notre mission est de rendre justice à Arizona. Bon, on y va ?

J'ai acquiescé.

— Oui, découvrons qui a noyé Arizona et pourquoi.

Apparemment, Jon Jackson avait rejoint sa mère peu après le départ de Sable et n'avait pas mis longtemps pour apprendre où elle se cachait, car, cinq minutes plus tard, il a déboulé sur sa moto. Phœnix et moi étions toujours dans ma voiture, à discuter tactique.

Jon a foncé jusqu'à la porte, où il a hélé sa sœur. N'obtenant pas de réponse, il s'est engouffré dans la maison. Au bout de quelques secondes, il est ressorti sur la véranda avec elle et les deux bergers allemands. N'étant pas assez près pour entendre ce qu'ils se disaient, j'ai demandé à Phœnix de jouer de son ouïe de zombie.

— Elle refuse de lui parler et exige qu'il dégage, a-t-il retransmis.

Sable affrontait son frère, effrayant et plus grand qu'elle, brun comme elle, les sourcils fournis, une moue furieuse à la bouche. Elle ne lui arrivait qu'à la poitrine, ce qui ne l'a pas empêchée d'enfoncer un doigt dedans, histoire de souligner chacun des mots qu'elle prononçait. Phœnix a continué son rapport :

— Lui et Kyle sont rayés des cadres, point barre. Il lui demande de donner une seconde chance à son mari. Tous les deux jurent comme des charretiers.

— Faut-il que je rapproche la voiture de la maison ?

— Un peu. Maintenant, Jon lui assure qu'il est de son côté à elle, plus qu'elle ne le pense.

— Qu'est-ce que ça signifie ?

Cette relation entre frère et sœur me paraissait d'une rare intensité. Ayant déplacé la décapotable de quelques mètres, j'ai réussi à les entendre.

— Kyle a fait des bêtises, plaidait Jon. Mais je te jure qu'il a retenu la leçon.

— Parce que tu considères les événements d'hier soir comme avoir retenu la leçon ? s'est esclaffée sa sœur d'un rire sans joie.

— Nous sommes montés à Foxton avec des potes, s'est justifié l'autre. Crois-tu aux fantômes ? Moi non plus, jusqu'à ce que je voie ce qui se passait là-haut. Tu as eu vent des rumeurs sur les lycéens morts qui hantaient le coin ? Eh bien, elles sont vraies.

— Discours d'ivrognes ! a grondé Sable en le poussant au bas de la véranda. Toi et Kyle pouvez vous pourrir le cerveau à coups de bibine et vous mettre à délirer sur tous les fantômes que vous voulez, je m'en moque. Tire-toi, Jon, et dis à Kyle qu'il n'a pas intérêt à venir ici.

Trop tard ! Les deux gars devaient s'être téléphoné au préalable, car un rugissement a retenti dans Daler Street, et Kyle a débarqué sur sa Dyna. Je me suis tassée sur mon siège, tandis que Phœnix se volatilisait une fois de plus.

Naturellement, Kyle Keppler m'a vue. Il a ouvert ma portière à la volée. Il n'a pas hurlé ; il s'est borné à me toiser d'un regard haineux et m'a ordonné de descendre. Ça m'a encore plus fichu la trouille que la violence physique à laquelle je m'étais préparée. Les chiens ont accouru jusqu'à la clôture et se sont mis à gronder. Sable a entrepris d'assener une volée de coups de poing sur le torse de son frangin. Bientôt, je me suis retrouvée debout à trembler au bord de la chaussée.

— Tu cherches quoi ? m'a lancé Kyle en m'entraînant par le poignet.

Derrière nous, j'ai perçu les pas de Phœnix qui foulaient l'herbe sèche.

— Tu as l'intention de raconter à ma femme ce qui a eu lieu entre moi et la nana qui s'est noyée ? Si tu t'y risques, considère-toi comme morte aussi.

— Pourquoi je cafterais ? ai-je riposté en me débattant pour tenter d'échapper à son étreinte et en ne parvenant qu'à m'irriter la peau. Arizona est morte, ça n'y changerait rien.

— Alors arrête de fourrer ton vilain nez partout ! a-t-il grogné en me lâchant enfin. Tu vas retourner à ta voiture et foutre le camp. Je suis venu m'excuser auprès de Sable afin que nous puissions reprendre une existence normale.

Son arrogance m'a mise en rogne.

— Il va te falloir un peu plus que des excuses, mon pote ! Et puis, sache que tu es au chômage. Mike Hamill t'a viré.

Il a serré les dents, fermé les yeux et rejeté la tête en arrière. J'ai cru qu'il allait m'en coller une. Sauf que, à ce moment-là, Jon a rappliqué avec un fusil. Il m'a mise en joue. Fixant le canon, je me suis dit sans paniquer : « Ainsi, c'est à ça que ça ressemble. » Mes derniers instants, le temps qui ralentit, les herbes jaunies qui bruissent, un avion qui traverse le ciel bleu en y laissant une traînée blanche. Soudain, Phœnix, Hunter et Arizona ont surgi, alors je me suis dit : « Ainsi... non, pas maintenant, pas comme ça. »

Hunter s'est interposé entre Jackson et moi. Attrapant le fût de l'arme, il l'a baissé à un angle de quarante-cinq degrés. Jackson et Kyle ont tenté de se jeter sur lui, mais Phœnix les a stoppés net dans leur élan, et ils ont roulé au sol. Dans la bagarre, le fusil a glissé, hors d'atteinte.

J'ai jeté un coup d'œil à Arizona. Une déception aussi immense que l'océan avait envahi ses yeux, cependant qu'elle contemplait son amour étalé par terre.

— Je n'obtiens rien de lui, ai-je murmuré. Pourtant, j'ai essayé, crois-moi.

— Keppler a donc choisi la méthode dure, a commenté Hunter avec sévérité. L'heure est venue de voyager dans le temps. Car nous n'avons pas épuisé toutes nos ressources, Arizona. Il nous reste encore une solution.

11

Voyager dans le temps fait un mal de chien. C'est beaucoup plus douloureux que le traitement qu'infligent les Revenants à ceux dont ils effacent la mémoire. Une effroyable énergie se fraye un chemin dans votre corps, triturant le moindre de vos nerfs et de vos muscles. La souffrance se concentre entre vos omoplates, brûlante, torturante, jusqu'à ce que de magnifiques ailes d'ange vous aient poussé dans le dos, des ailes que vous pouvez déployer et dans les plumes blanches immaculées desquelles s'engouffre le vent.

Hunter, Arizona, Kyle, Jon et moi sommes remontés un an et une semaine en arrière afin de revivre la scène de la mort d'Arizona et d'en élucider le mystère. Nous n'avons pas volé dans un ciel de tempête, c'est plutôt un maelström puissant qui nous a poussés dans une sorte de tunnel. Nous n'avons pu nous servir de nos ailes qu'à la toute fin, au moment critique, afin de planer au-dessus du lac Hartmann et de ce qui s'y était réellement produit. Hunter était au sommet de sa puissance. C'était lui qui nous maintenait dans cette brèche du temps et qui nous permettait d'être témoins du drame.

L'automne, notre ultime tentative pour découvrir la vérité. Le sol est gelé, bien qu'il soit plus de midi. Une légère couche de glace recouvre le bord peu profond des berges. L'eau est d'une clarté aveuglante, sans une ride, d'un vert-bleu profond. Sur la rive opposée, la pente recouverte de trembles dorés monte vers des éboulis. Un paysage de guide touristique. « Visitez les Rocheuses inviolées et admirez la nature dans toute sa gloire. »

La camionnette rouge de Keppler est garée sous des séquoias, deux silhouettes se tiennent à côté, sur une arête rocheuse qui surplombe l'eau. Celles de Kyle et d'Arizona, bien sûr, un an auparavant, quand Arizona est encore vivante. Phœnix et moi ne nous étions donc pas trompés.

— C'est la dernière fois, lui assène Kyle. Je vais me marier. Nous n'aurons pas d'autre conversation après celle-ci.

Elle souffre, cela se voit à ses prunelles trop sombres, à sa peau trop pâle.

— Tu as pigé ? s'énerve-t-il en l'empoignant et en s'éloignant du véhicule. Tu ne m'appelles plus, tu ne viens plus à l'atelier. Entendu ?

— Qui t'a prévenu ? répond-elle d'une toute petite voix qui ne lui ressemble pas.

— Je suis au courant, ça suffit.

Parmi notre groupe d'observateurs ailés, Kyle et Jon se sont affolés et ont tenté de s'enfuir. Hunter a secoué la tête. Grâce à un ouragan d'ailes invisibles, il les a maintenus sur place.

Que voyais-je, depuis ma position ? Deux petites silhouettes perdues dans la nature, au milieu de la forêt d'automne givrée, et un gars sur le point de perdre son calme.

— Alors, c'est pour ça que tu m'as téléphoné et que tu m'as donné rendez-vous en ville ? murmure l'Arizona en vie. Pour m'annoncer que tu en as assez de moi ? Je ne te crois pas, Kyle. Tu as déjà tenté ce coup-là, ça n'a pas marché. Tu ne peux pas te passer de moi !

— Je te conseille de me prendre au sérieux, cette fois, réplique-t-il. J'épouse Sable. Toi et moi, on s'est bien amusés, mais c'est fini.

Arizona réagit comme s'il l'avait giflée.

— Amusés ? répète-t-elle, comme incapable de saisir le sens du terme. Cela s'est donc réduit à ça, pour toi ? Qu'en est-il de toutes tes confidences intimes ? De ton enfance solitaire, des journées entières que tu perdais ici au bord du lac, rejeté, détestant ta famille, aspirant à la liberté ?

— Je ne t'ai pas menti, répond-il en haussant les épaules.

— Qu'est devenu le type que j'aimais ? Et d'où vient celui-ci que je ne comprends pas ?

Elle essaye de nouer ses bras autour de sa nuque, il la repousse.

— Les choses ont changé, marmonne-t-il. Il faut faire avec.

— Et si je refuse ? Si je décide de parler à Sable ?

À côté de moi, l'ange Arizona s'est caché le visage tant elle avait honte de son chantage.

Ça y est, Kyle perd les pédales.

— Essaye un peu, Arizona, et je te tue !

Le dernier mot tombe comme une pierre dans l'eau, troublant la surface de vaguelettes qui n'en finissent pas de s'apaiser.

— Tu ne m'en empêcheras pas ! proteste-t-elle. Je ne suis pas un objet, mais une personne. J'ai des droits comme tout un chacun. Tu ne peux pas me jeter à la poubelle comme si je n'avais jamais existé.

— Tu n'as jamais vraiment existé, à mes yeux, riposte-t-il avec une infinie cruauté. Comparée à une fille comme Sable, qui parle le même langage que moi, tu n'es rien. Juste une enfant gâtée qui pleurniche jusqu'à obtenir ce qu'elle convoite. T'est-il seulement arrivé de lever le petit doigt pour avoir ce que tu voulais ?

— C'est l'opinion que tu as de moi ? se rebelle-t-elle enfin. Tu imagines qu'il me suffit de claquer des doigts pour que les gens accourent ? La preuve que tu me connais mal, tiens !

— Une petite fille riche et tarée, tellement imbue d'elle-même que c'en est incroyable. Attends de voir qui j'ai amené avec moi, et tu verras que je ne plaisante pas.

Il l'entraîne sous l'ombre des séquoias.

Une nouvelle salve de bruissements d'ailes paniquées m'a laissé entendre que Kyle et Jon luttaient contre Hunter, en vain. Il les retenait prisonniers, les obligeait à assister au drame.

— Comment ça, tu as amené quelqu'un ? s'écrie Arizona en scrutant les alentours avec vivacité.

— C'est bon, Jon ! lance Kyle d'une voix dénuée d'intonations. Tu peux venir.

Jon Jackson, tout de noir vêtu, émerge alors de derrière un rocher. Il n'est pas seul.

Il tient Raven par le col.

Ce dernier, l'air ahuri, n'a pas la moindre idée de ce qu'il fabrique ici. Il est terrifié. L'Arizona vivante reste bouche bée. L'Arizona ailée plaque sa main sur sa bouche. Elle est terrorisée, semblable à un petit animal qui se pétrifie devant son prédateur, lequel joue avec lui avant de lui assener le coup fatal. Impuissant, Raven tente d'échapper à Jackson.

— Facile, hein ? se réjouit celui-ci. Je l'ai trouvé dans son école, près du lac. Sans personne autour. Je n'ai eu aucun mal à le balancer dans ma bagnole. Il ne pèse rien, ce gamin.

Arizona veut se précipiter vers son frère. Elle ne parcourt que quelques pas avant que Kyle s'interpose et la repousse. En titubant, elle glisse dangereusement vers l'eau. Lorsqu'il la voit, Raven tente à son tour de se ruer dans sa direction. Jackson l'en empêche.

— J'avais confiance en toi ! Pourquoi as-tu fait ça ?

Arizona est pliée en deux, comme privée de souffle tant elle est choquée, effrayée, incrédule.

— De toute ma vie, tu es le seul à qui j'aie parlé de Raven. Laisse-le tranquille.

De son côté, le môme se débat. Il n'a aucune force, il manque de coordination, ses bras et ses jambes partent dans tous les sens. Ce spectacle est d'une tristesse incommensurable.

— Lâche-le ! hurle soudain Arizona.

Son affolement contamine Raven, qui martèle Jon de ses poings maigrichons. Un instant, il donne l'impression de réussir à s'échapper, puis son geôlier lui bloque les bras dans le dos, le soulève et le jette à ses pieds, contre un tronc. Apparemment contrarié par cette démonstration de violence, Kyle préfère se retourner et s'éloigner. C'est son copain qui reprend alors la litanie des menaces.

— Tu t'approches à moins d'un kilomètre de ma sœur, et je recommence, dit-il à Arizona en désignant Raven du pouce. Je peux enlever ce morveux n'importe quand, je peux l'obliger à faire tout ce que je veux, ajoute-t-il en la rejoignant. Pigé ?

— Laisse-le, je t'en prie !

Raven a ramené ses genoux contre sa poitrine et se balance d'avant en arrière. Jackson est entre lui et sa sœur aînée.

— Pas avant que tu aies juré de foutre la paix à Kyle et à Sable, crache-t-il.

Elle secoue la tête avec désespoir.

— Est-ce toi qui as eu cette idée ? demande-t-elle à Keppler qui leur tourne toujours le dos.

— Non, intervient son pote. C'est moi. Et je n'hésiterai pas à m'attaquer à ton frangin si tu m'y forces.

Raven éclate en sanglots. Arizona parvient à éviter l'obstacle de Jon et s'accroupit près de son frère, qu'elle enlace.

— Tout va bien, mon chéri, lui chuchote-t-elle. Tout va bien.

Ce qui n'était pas vrai, hélas, et j'ai cessé de respirer. Arizona la Revenante a volé jusqu'à celui qu'elle avait aimé.

— Tu avais perdu la tête, ou quoi ? lance-t-elle à Kyle. Avais-tu seulement la moindre idée de l'effet que ce kidnapping allait produire sur Raven ?

— Tu ne m'écoutais pas, s'est défendu l'autre en fuyant son regard. Il fallait bien que Jon et moi pensions à un truc qui te fasse tenir tranquille.

— Toi et tout un tas d'autres gonzesses, a ricané Jon. Eh oui, Arizona, tu n'étais pas la seule.

Il aurait pu tout aussi bien lui enfoncer un poignard dans le cœur. Cette remarque a suffi à tuer les restes effilochés de ses rêves.

— Est-ce vrai ? a-t-elle demandé au Kyle ailé de cette voix suppliante de petite fille.

Cependant, au bord du lac, la scène datant d'un an plus tôt continue de se jouer. Échappant à sa sœur, Raven a sauté sur ses pieds et il s'enfuit. Il s'enfonce entre les arbres, disparaît dans la pénombre. Kyle étant le plus proche de lui, se lance à sa poursuite.

— Ne te sauve pas, Raven, crie Arizona. Reste avec moi !

Alors qu'elle veut suivre le mouvement, Jon Jackson l'agresse. Elle le repousse de toutes ses forces, il perd l'équilibre et semble déraper en direction de l'eau. Il se rattrape à une branche, trouve une prise et bondit sur la saillie rocheuse. Il se jette sur Arizona, qui lui décoche des coups de pied. Elle a beau frapper comme une folle, elle n'est pas de taille, face au poids et à la force de Jackson. Fonçant tête baissée, il l'expédie vers le séquoia où le pauvre Raven était assis l'instant d'avant. Elle s'écrase sur l'écorce rugueuse, et on perçoit presque le souffle de l'oxygène qui s'échappe de ses poumons sous la violence du choc. Elle tend les bras pour se défendre contre les assauts de Jon. Cependant, il ne tarde pas à lui serrer le cou. Il la secoue en la tordant comme une poupée de chiffon, la plaquant violemment contre le tronc à trois reprises. Elle cesse de se débattre. Ses jambes cèdent, et elle s'affale par terre.

Jackson tergiverse environ cinq secondes aussi longues qu'une existence. Il se penche sur Arizona comme s'il cherchait un signe de vie. Quand il n'en perçoit pas, il recule d'un pas. Il regarde derrière lui, se demandant où sont passés Kyle et Raven. Nulle trace d'eux non plus. Du pied, il soulève légèrement sa victime. Elle ne réagit pas. Allongée sur une grosse pierre en granit, sa nuque formant un drôle d'angle, elle a les bras écartés.

Alors, à l'instar d'un chasseur qui ramasserait le cerf qu'il vient d'abattre, Jackson charge le corps sur son épaule et le transporte à l'extrême bord de la saillie. Puis il le plonge dans le lac. Arizona tape contre les rochers, et il la laisse filer au fil de l'eau.

La fraîcheur la ranime peut-être, car, durant quelques instants, elle semble reprendre conscience, agite les bras et tente de revenir vers la berge. Elle ne s'abandonne pas à la mort, elle lutte contre. D'un seul bond, Jon est descendu dans l'eau à son tour. Il se saisit d'Arizona et, sans effort, l'entraîne vers les profondeurs, pareil à une créature noire qui aurait surgi du lac, les cheveux plaqués sur son crâne, ses doigts autour de la gorge de la malheureuse. Il lui enfonce la tête sous la surface et l'y maintient jusqu'à ce que son corps devienne flasque.

Il la noie jusqu'à ce que mort s'ensuive.

Ensuite, l'immonde créature regagne la rive. Plus loin, le cadavre flotte, bras en croix, longue chevelure pareille à des algues qui se déploie en éventail autour de son visage blême. Les yeux vides fixent le ciel.

Nous nous étions trompés sur toute la ligne. Arizona ne s'était pas plus suicidée que Kyle Keppler ne l'avait assassinée. Hunter le suzerain a obligé le coupable à contempler son crime en recourant aux dernières gouttes de son implacable volonté. Nous avons toisé Jon Jackson pendant ce qui m'a paru un siècle.

C'est Kyle qui a rompu le silence.

— Tu m'avais dit que c'était un accident.

— Tu as cru ce qui t'arrangeait, a répondu l'autre avec dédain.

S'il regrettait ses actes, il l'a bien caché.

— Tu m'as raconté qu'Arizona était tombée à l'eau et s'était cogné la tête.

— Quelle différence ça faisait ? Ton problème était réglé, point final. Je nous ai tirés de là sans que personne ne le sache, non ? C'est moi qui ai gardé mon sang-froid.

Je continuais à contempler la dépouille d'Arizona flottant sur la surface étincelante et son regard sans vie.

Arizona la *Beautiful Dead* se tenait à côté de moi. Nous avons vu Kyle émerger de la forêt avec Raven, avons assisté à sa réaction hallucinée quand il a repéré le corps.

— Tu l'as tuée, a murmuré à Jon son double ailé d'une voix sans émotion.

— Préparez-vous à partir, a annoncé Hunter. Inutile de s'attarder ici.

12

Nous sommes revenus en un éclair, propulsés par le vent, portés par des millions d'ailes. Nous avons virevolté dans le tunnel du temps, avons senti la soie vide d'innombrables têtes de mort nous effleurer dans les ténèbres. C'était Arizona qui ouvrait la marche, à présent. Elle nous a conduits jusqu'au présent, jusqu'à Daler Street.

— Tu cherches quoi ? m'a lancé Kyle en m'entraînant par le poignet. Tu as l'intention de raconter à ma femme ce qui a eu lieu entre moi et la nana qui s'est noyée ? Si tu t'y risques, considère-toi comme morte aussi.

— Pourquoi je cafterais ? ai-je riposté en me débattant pour tenter d'échapper à son étreinte et en ne parvenant qu'à m'irriter la peau. Arizona est morte, ça n'y changerait rien.

— Alors arrête de fourrer ton vilain nez partout ! a-t-il grogné en me lâchant enfin. Tu vas retourner à ta voiture et foutre le camp. Je suis venu m'excuser auprès de Sable afin que nous puissions reprendre une existence normale.

Son arrogance m'a mise en rogne.

— Il va te falloir un peu plus que des excuses, mon pote ! Et puis, sache que tu es au chômage. Mike Hamill t'a viré.

Il a serré les dents, fermé les yeux et rejeté la tête en arrière. J'ai cru qu'il allait m'en coller une. Sauf que, à ce moment-là, Jon a rappliqué avec un fusil. Il m'a mise en joue. Fixant le canon, je me suis dit sans paniquer : « Ainsi, c'est à ça que ça ressemble. » Mes derniers instants, le temps qui ralentit, les herbes jaunies qui bruissent, un avion qui traverse le ciel bleu en y laissant une traînée blanche.

Au courant désormais du crime de son beau-frère, Kyle s'est interposé entre le fusil et moi. Saisissant l'arme, il l'a arrachée des mains de Jon et l'a retournée contre lui, enfonçant le canon dans son torse.

— Kyle, non... voyons !

Jackson avait la frousse, on sentait l'odeur de sa peur. Keppler l'a contraint à reculer jusqu'à la chaussée. Hunter nous a immobilisées sur place, Arizona et moi.

— Kyle ! Tu te rappelles comment Arizona s'est comportée ! On aurait dit une folle. Que voulais-tu que je fasse ?

Il est affreux d'entendre un homme supplier pour qu'on lui laisse la vie sauve tout en n'éprouvant aucune sympathie pour lui. J'avoue que je n'attendais qu'une chose : que Keppler appuie sur la gâchette.

— Tu as prétendu qu'elle s'était noyée toute seule.

Obnubilé par son idée fixe, Kyle n'écoutait pas son beau-frère. Il le voyait encore aplatir Arizona contre le séquoia, la porter sur la berge et la jeter dans l'eau.

— C'était un accident. Je n'avais pas l'intention de la tuer. Nous avons ramené le môme en ville, où nous l'avons abandonné. Personne n'a rien su, non ? Nous nous en sommes tirés.

Jacasser à tort et à travers alors que le métal froid d'un fusil est appuyé contre son cœur, tout en se rendant compte que ça ne sert à rien et qu'on est sur le point d'expirer, ce doit être une épreuve abominable. Kyle nous tournait le dos ; aussi, nous ne l'avons pas vu tirer. Le coup de feu a amené les voisins à sortir de chez eux et a stoppé net la circulation en provenance de la nationale.

D'une certaine façon, l'histoire s'est arrêtée là ; d'une autre, non.

Personnellement, je n'oublierai jamais la détonation qui a résonné dans toute la rue. Elle retentit encore dans ma tête et, je pense, dans celle de tous ceux qui l'ont perçue.

Jon Jackson a tangué sur ses pieds. Ses genoux se sont dérobés sous lui, et il a roulé sur le dos. Keppler a lancé l'arme dans le fossé. Les témoins ont par la suite raconté qu'il avait eu une étrange réaction. Comme en proie à une violente douleur, il s'est plié en deux, a oscillé sur ses talons, a tenté de fuir la scène du meurtre alors même que ses jambes ne le portaient plus. Ses traits se sont figés dans un masque de souffrance. Il a tournoyé sur lui-même, a failli s'écrouler sur le cadavre de Jon, a juste eu le temps de retrouver son équilibre.

Seuls Arizona, Phœnix et moi avons deviné là le travail de Hunter. Il a effacé la mémoire de Kyle, gommant ses souvenirs du voyage dans le temps au lac Hartmann. Maintenant, Kyle ne saurait jamais pourquoi il avait tué son ami.

Horrible, n'est-ce pas ?

Les psychiatres évoqueraient une inexplicable crise de rage, peut-être provoquée par l'abus d'alcool et par une rancœur secrète à l'encontre de Jackson que Kyle refuserait de dévoiler. Ils l'étiquetteraient sans doute comme un psychotique incapable de prendre conscience de ses actes et le traiteraient pendant son séjour en prison.

Les sirènes ont déchiré le silence. Arizona, Hunter, Phœnix et moi avions toujours nos ailes. Nous avons plané au-dessus des maisons, observant les policiers qui établissaient la scène du crime et emmenaient Kyle.

Hunter a permis à Arizona de rendre une dernière visite à son bien-aimé Raven. De Daler Street, il nous a envoyées, elle et moi, jusqu'à la demeure des Taylor afin qu'elle voie par elle-même que l'avenir n'était pas entièrement bouché.

Débarrassée de mes ailes et flanquée d'une Arizona invisible, j'ai frappé à la porte du 2850 North 22 Street. À ma grande surprise, c'est Peter Hall qui m'a ouvert.

— Vous êtes de retour ? ai-je demandé. Comment ça se fait ?

— Un miracle s'est produit, Allyson a changé d'avis, m'a-t-il répondu avec un sourire ironique en me laissant entrer dans le vaste hall. Frank est ici également. Et figure-toi que les photos d'Arizona ont été sorties de leurs cartons.

En effet, son visage incroyablement photogénique nous regardait depuis des cadres en argent. Un grand portrait en pied avait été suspendu au-dessus de la cheminée. C'était ses dernières minutes sur terre, et mon amie la Revenante avait le souffle court tandis qu'elle avançait près de moi sans se montrer.

— Ont-ils toujours l'intention de divorcer ?

C'est alors qu'Allyson et Frank ont émergé de la salle de musique. J'aimerais pouvoir dire qu'eux aussi avaient subi une transformation radicale, qu'ils étaient détendus et heureux, qu'ils arboraient des sourires chaleureux sur les lèvres et un éclat de bienvenue dans l'œil. Hélas non. Tous deux semblaient épuisés et perdus.

— Tout est encore sujet à discussion, a lancé Allyson à mon intention. La maison, notre couple.

Au moins, ils se parlaient. Ce qui, à mes yeux, relevait d'un miracle supplémentaire.

— Notre priorité est Raven, a-t-elle poursuivi. Il a beaucoup souffert. Nous estimons devoir lui offrir plus de stabilité, de façon qu'il puisse garder ses habitudes, entouré par des objets familiers.

— Et les gens qu'il connaît, a précisé Frank. Ma femme m'a raconté que vous étiez venue et qu'il semble s'être attaché à vous.

— Littéralement, même, a renchéri Allyson avec l'ombre d'un sourire. Raven a attrapé la veste de Darina, et j'ai eu toutes les peines du monde à ce qu'il la lâche.

— Nous serons ravis que vous passiez quand il vous plaira, a confirmé son mari.

Il nous a entraînés à l'arrière de la maison, en direction d'un immense jardin boisé qui donnait au loin sur le pic d'Amos. Raven était assis à l'ombre d'un tremble, son blouson bleu marine fermé jusqu'au cou. J'ai senti Arizona filer vers lui et, pendant une seconde, j'en ai été anxieuse. Elle a peut-être effleuré ses traits, car il a porté sa main à sa joue comme pour chasser une mouche. Une, deux, trois fois de suite.

— Raven ? l'a appelé Allyson. L'amie d'Arizona est venue te voir.

Clignant des paupières, il a maladroitement tourné la tête vers moi. Il lui a fallu un moment mais, quand il m'a eu resituée dans sa mémoire, ma visite a eu l'air d'avoir un sens. Se mettant debout, il m'a rejointe.

— Salut, lui ai-je dit.

Derechef, il a cligné des yeux. Lentement, il a enfoncé la main dans sa poche d'où il a retiré une feuille de papier pliée en quatre, qu'il m'a tendue. Je l'ai ouverte. « Regarde, ai-je eu envie de lancer à Arizona, c'est un portrait de toi. » Les doigts frémissants, j'ai levé le dessin en l'air. Les feuilles des trembles se sont agitées comme jamais – Arizona a poussé un soupir à fendre l'âme. Elle savait maintenant que ses parents n'avaient pas l'intention d'enfermer Raven quelque part et de l'y oublier.

Me prenant par la main, Raven m'a ensuite ramenée à l'intérieur afin de me montrer les photos de sa sœur qui avaient repris leur juste place sur les étagères et les consoles. Nous sommes restés un bon moment sous l'image de la cheminée. Elle était particulière, car Arizona y souriait. Sans exagération. Ses cheveux luisaient, sombres et parfaits, elle portait un collier ras du cou en argent et de grandes créoles. Elle était heureuse.

— Super, hein ? ai-je dit à Raven.

Les spécialistes avaient beau affirmer que son cerveau ne lui permettait pas de déchiffrer les expressions des autres, j'étais loin d'en être convaincue. En restant à contempler le portrait d'Arizona cependant qu'elle se tenait près de lui, invisible, il m'a plutôt donné l'impression de très bien comprendre ce que signifiait son sourire, de sentir qu'il venait du fond du cœur, qu'il serait là chaque fois qu'il traverserait la pièce et regarderait ces étonnantes prunelles vertes en amande.

— Justice t'a été rendue, tu es libre, a annoncé Hunter à Arizona. Personne n'avait stipulé que la victoire ne serait pas amère.

Il nous avait autorisés quelques instants ensemble à Foxton avant de lui ordonner de partir. Les *Beautiful Dead* s'étaient rassemblés dans la grange, comme si la sécurité du bâtiment sombre leur était nécessaire. Ève et Donna encadraient Arizona, Summer lui tenait la main. Debout à l'écart avec Phœnix, j'étais triste et pleine de compassion envers elle.

— Là-bas, au lac Hartmann, a-t-elle murmuré, tête basse, j'ai pu voir celle que j'étais vraiment. Rongée par la jalousie, égoïste, stupide...

— Rien qu'un être humain, l'a coupée Hunter sans passion en sortant dans la cour.

La porte s'est refermée sur lui, je me suis demandé quand je le reverrais.

— Il a raison, est intervenue Summer. Nous sommes tous pareils.

— J'ai mis en danger la vie de Raven tant j'étais accro. Je me déteste pour ça.

« Je t'en prie, ai-je songé. Ne te fustige pas. » Ayant déchiffré mes pensées, Phœnix a indiqué d'un geste aux autres de nous laisser seules elle et moi.

— Je ne m'éloigne pas, m'a-t-il murmuré avant de partir.

Les lieux ont vite été à nous. Je me suis efforcée de renverser la barrière – encore une ! – de mépris envers elle-même qu'Arizona avait érigée autour d'elle.

— Je compte retourner voir Raven. Demain, peut-être. Je lui apporterai de nouvelles reproductions de Warhol.

C'était le moins que je puisse faire pour apaiser mon interlocutrice. Lentement, elle a fermé les yeux, a respiré profondément et a lâché le mot si simple mais qui résumait tout :

— Merci.

— Il me reconnaît, maintenant. Il me relie à toi, tu en as été témoin.

— Oui.

— Je lui parlerai de toi, je te le promets. Je ne pourrai pas être son ombre, comme tu l'aurais voulu, mais je continuerai à lui dire que tu l'aimais, que tu l'aimeras toujours. Et que tu étais une fille forte, cinglée et en colère, que j'ai appris à comprendre et à admirer comme jamais je ne l'aurais cru possible.

— Pardonne-moi d'avoir été aussi dure avec toi, Darina.

— Je sais pourquoi tu l'as fait, désormais.

— Je ne... J'ai toujours eu du mal à trouver mon équilibre, lorsque j'étais vivante. Je passais mon temps à osciller au bord des choses, prête à tomber.

J'ai opiné. Il était inutile d'ajouter quoi que ce soit. Et puis, elle pouvait lire dans mon esprit.

— Tu sais ce que c'est, a-t-elle enchaîné, tandis qu'une brise jouait à ouvrir et fermer le battant de la grange. Parfois, on en arrive à opter pour des solutions désespérées.

— Parfois, oui.

— Je pense à Kyle.

— Et moi, à Phœnix, ai-je répondu à l'instant où ce dernier revenait. Il est le meilleur choix de toute mon existence, ai-je ajouté en souriant à mon aimé.

— Encore ! a-t-il plaisanté en prenant ma main et en la serrant comme s'il n'avait pas l'intention de la relâcher un jour.

— Tu as de la chance, Darina, a soupiré Arizona. Et pourtant, tu l'as perdu.

Phœnix n'a pas relâché son étreinte autour de mes doigts. Ça m'a donné de la force. C'est à lui que je me suis adressée ensuite, pas à Arizona.

— Mais je t'ai retrouvé, ici, à Foxton, pour un an.

— Douze mois entiers, a-t-il acquiescé.

J'ai plongé dans ses yeux bleu pâle, aussi cristallins que de l'eau claire.

— Et bientôt, ai-je repris, je travaillerai avec toi pour résoudre ton mystère, pour découvrir pourquoi tu es mort.

— Et tu me rendras ma liberté, a-t-il soupiré en portant ma main à sa joue froide et blanche. Darina et moi allons t'accompagner, Arizona.

Nous étions sur les berges glacées du lac Hartmann. Le soleil se couchait. Phœnix m'a attirée à lui, cependant que nous observions

Arizona qui entrait dans l'eau. Le lac m'a paru immense, les arbres sur la rive en face étaient noyés dans une brume grise.

Arizona s'était enfoncée jusqu'à la taille, ses doigts jouaient à la surface. Elle s'est tournée vers nous. Ses longs cheveux bruns, ses ailes d'ange d'un blanc pur.

— Partez ! a-t-elle soufflé.

Puis elle a de nouveau regardé le large. L'étendue d'eau était infinie et silencieuse. Soudain, le brouillard a dérivé vers nous. Enveloppant Arizona, il nous l'a cachée. Phœnix et moi l'avons longtemps cherchée des yeux, guettant le moindre son. Main dans la main, nous avons compris qu'elle avait quitté l'autre versant.

— Viens, allons-nous-en, a fini par chuchoter Phœnix.

Composition et mise en page

NORD COMPO
multimédia

CET OUVRAGE
A ÉTÉ ACHEVÉ D'IMPRIMER
SUR CAMERON
PAR L'IMPRIMERIE NIIAG
À BERGAME (ITALIE)
EN OCTOBRE 2010

N° d'édition : L.01EJEN000381.N001
Dépôt légal : novembre 2010